Christien Boomsma

De heks van de bibliotheek

De Heks van de Bibliotheek

Christien Boomsma

De Vier Windstreken

Eerder verschenen van Christien Boomsma:

Zus voor één nacht

978 90 5116 076 5

© 2010 De Vier Windstreken, Rijswijk
Tekst van Christien Boomsma
Omslag van Mario van Brakel
Alle rechten voorbehouden. Gedrukt in Nederland
NUR 283 / ISBN 978 90 5116 136 6

Bezoek ons ook op internet, www.vierwindstreken.com,
en meld je aan voor onze nieuwsbrief.

Inhoud

1. Te laat

Je kon de tijd ruiken. Het was een geur van geknoopte kleedjes, oude vrouwen en vocht dat niet verdreven werd door het loeien van de kachel. Die ouderwetse gaskachel brandde maar één keer per week en nooit langer dan een uurtje of twee. Niet genoeg om de geur te verdrijven van stof dat zich opstapelde tussen boeken die nooit werden geleend.

Filou duwde de deur open met haar rug. Een plastic tas met boeken klemde ze stevig in haar armen.

'Filou!'

Ze kromp in elkaar. Snel keek ze over haar schouder.

'We stoken niet voor de sterren. Doe de deur dicht.'

Filou zei niets. Haastig schopte ze haar laarzen de gang in en trok de zware houten deur achter zich dicht. De matten op de vloer prikten door haar sokken, toen ze naar de tafel liep waarachter mevrouw Bruinsma zat.

'Geef je boeken maar hier,' zei de bibliothecaresse. Ze stak een magere hand uit en keek over haar brillenglazen naar het meisje.

'Je bent laat. Ik wilde al sluiten.'

'Mam was laat thuis van haar werk,' mompelde Filou verontschuldigend. 'We moesten nog eten. Maar ik ben nog op tijd, toch?'

'Hmmm.'

Het was een heel gedoe om op tijd te zijn. Je was altijd of te vroeg of te laat, want de bieb – niet meer dan één kamer in de oude dorpskerk – was maar één uur per week open en dan ook nog rond etenstijd. Maar mevrouw Bruinsma was onverbiddelijk. Elke overtreding van de regels leverde een boete op én een preek. Filou voelde zich altijd vreselijk schuldig als ze haar boeken te laat inleverde, of een bladzijde had gescheurd, of...

'Hier zijn ze.'

Ze trok haar boeken uit de tas en legde ze voor mevrouw Bruinsma. Die haalde ze met een snelle beweging naar zich toe, trok Filous uitleenkaart uit de bak en begon ze een voor een af te strepen. In de stad hadden ze daar computers voor, wist Filou. Dat ging véél sneller, en ze hadden er wel duizend keer zo veel boeken. Maar hier... Watervoorde is een eilandje in de tijd, dacht Filou. Hier verandert nooit iets.

'Dit is een C-boek,' zei mevrouw Bruinsma plotseling. 'Hoe oud ben jij, Filou?'

Filou beet op haar lip. Ze zei niets.

'Dat dacht ik al,' knikte mevrouw Bruinsma. Haar ogen glinsterden achter haar brillenglazen en haar mond werd een dunne streep.

Filou keek naar de grond. Dat stomme mens! Vorige week had mama het voor haar geleend, omdat Karin, haar vriendin, had gezegd dat het superspannend was.

En het wás spannend, maar mevrouw Bruinsma vond dat ze het niet mocht lezen, omdat ze nog geen twaalf was. Onzin!

'Maar mama…' begon ze.

'Geen gemaar. Regels zijn er niet voor niets,' zei mevrouw Bruinsma.

Ze wierp een strenge blik op Filou en bekeek daarna het stapeltje boeken dat voor haar lag. Ze fronste, bestudeerde de uitleenkaart nog eens goed, en fronste nog dieper.

'Er ontbreekt een boek,' zei ze toen, *'De vlucht van de Groene Draak.'*

Filou voelde zich klein worden. Hoe deed ze dat toch? Waarom gaf mevrouw Bruinsma haar altijd het gevoel dat ze iets vreselijks had gedaan?

'Ik ga het al halen!' zei ze haastig.

Zonder op antwoord te wachten, draaide Filou zich om en vluchtte de bibliotheek uit, de regen in.

Koude druppels spetterden in haar gezicht. Windvlagen trokken aan haar kleren. Filou gaf er niet om. Zo snel ze kon, rende ze door het donker naar huis.

'Wat is er met jou?' De stem van haar moeder klonk verbaasd uit de keuken, toen Filou met een klap de deur opengooide en doorsprintte naar haar kamer. 'Doe die deur dicht!'

'Geen tijd, mam!' schreeuwde Filou terug.

Ze wist niet of haar moeder haar gehoord had, want zelf was ze al onder het bed gedoken en tastte rond tussen vieze zakdoeken, dikke stofpluizen en barbies zonder hoofd.

Daar, in het verste hoekje, lag het boek. Ze graaide het naar zich toe, stopte het onder haar trui en rende terug de trap af naar buiten. Haar moeder riep nog iets, maar ze kon het al niet meer verstaan.

'Alstublieft.'

Ze hijgde nog van het rennen. Haar haren dropen en haar gezicht gloeide door de overgang van de koude regen naar de warmte binnen. Maar in haar handen hield ze *De vlucht van de Groene Draak*.

Mevrouw Bruinsma was bezig haar tas in te pakken. Ze trok haar wenkbrauwen op, toen Filou haar het boek aanreikte. Even leek ze op een boze koningin, die zonder een spier te vertrekken haar onderdanen onthoofdt.

Toen knikte ze langzaam. 'Mooi,' zei ze. 'Dat was snel, Filou. Goed zo.'

Ze zette een streepje op de uitleenkaart, die nog altijd eenzaam op de tafel lag, en knikte nog eens. 'Nou, wat sta je daar nog? Hop, hop! Tijd om te gaan, meisje.'

Filou keek naar de B-kast. Door al dat gedoe had ze niet eens tijd gehad om nieuwe boeken uit te zoeken. 'Ik wou...' begon ze.

'Geen tijd meer, meisje. We zijn gesloten,' onderbrak mevrouw Bruinsma haar scherp. Haar ogen flikkerden. Filou balde haar vuisten, slikte een opmerking in en liep de koude hal in. Stom mens! Ze was boos. Ze was nat. Ze moest plassen.

Achter haar hoorde ze mevrouw Bruinsma mompelen, terwijl ze het ingeleverde boek weer op de juiste plaats in de kast. De kachel loeide.

Toen viel de deur dicht en stond ze alleen op de koude tegels. Hier plassen? De wc's waren klein, ouderwets, en vooral koud. Maar ze moest héél nodig.

Vooruit maar.

Haastig duwde ze de houten wc-deur open en ging zitten. De hoge porseleinen pot voelde viezig nat aan haar billen, maar toen haar plas omlaag kletterde, zuchtte Filou opgelucht. *Dat was beter.* Ze keek naar het plafond: donkerrood geverfde planken met donkere streepjes ertussen. Een spin weefde een web in een hoek. Toen ging het licht uit.

Van schrik hield Filou haar adem in. Haastig trok ze haar broek omhoog langs haar vochtige billen.

Een harde kloenk liet de muren trillen. Daarna een scherper *tik-tik*: een slot dat werd omgedraaid.

Het werd stil in de kerk.

Doodstil.

Haar handen beefden. Het was moeilijk het slothaakje te vinden in het dikke zwart om haar heen. Haar hart bonsde.

'Stík.'

Dáár!

De deur zakte kreunend open. Buiten de wc was het gelukkig minder donker, doordat het licht van de straatlantaarns door de ramen naar binnen viel. Alles leek spookachtig geel en griezelig eenzaam. 'Oh shit,' mompelde Filou. 'Dat heb ík weer.'

Het was wel duidelijk wat er was gebeurd: terwijl zij op de wc zat, had mevrouw Bruinsma de bibliotheek afgesloten en was naar huis gegaan. Maar hoe kwam ze hier weer uit? De kerk werd niet meer gebruikt en de bieb was pas volgende week weer open. 'Verdorie!'

Ze probeerde niet te huilen, terwijl ze de lichtschakelaar bij de uitgang zocht en aanknipte. De deur zelf zat, natuurlijk, stijf dicht. Ze rammelde aan de deurklink en bonsde een paar keer, maar haar vuisten maakten nauwelijks geluid op het dikke hout. Een wiebelig gevoel kroop in haar maag. Wat nu?

Aan de ene kant was de toegang naar de bibliotheek. Dáár hoefde ze niets te proberen, want die ramen konden alleen op een kiertje open. De andere deur leidde naar de kerk zelf.

Filou duwde ertegen en hij ging piepend open. Het geluid weerkaatste op de stenen vloer en tegen de witte muren.

Tientallen bankjes stonden in nette rijen in de kale ruimte. Langs de zijkant, in het midden, verhief een drukbewerkte preekstoel zich naar het witte plafond. Bladeren en bloemen waren uitgesneden in het hout en engeltjes verstopten zich tussen de klimop. Aan het einde van het looppad stond een marmeren doopvont. Geen water. Filou liep langzaam naar voren, haar blik op de ramen gericht. Konden ze open?

Buiten huilde de novemberwind. Regen kletterde tegen de ramen. Schaduwen rekten zich uit als monsters met grijpgrage vingers. De haartjes in haar nek prikten omhoog en Filou slikte. Stel je niet aan! vertelde ze zichzelf. Je bent een grote meid, geen kleuter die bang is in het donker!

Maar het hielp niet.

Ook hier zaten de ramen potdicht. Er was alleen een klein klepje bovenin, dat je met een stok kon openduwen.

Geen uitgang.

Snel draaide ze zich om en liep terug naar de hal, waar het licht feller was en het geluid van de wind minder dreigend.

Hoe lang zou het duren voor mama zich afvroeg waar ze was? Zou ze gaan zoeken? De politie bellen?

Boven haar hoofd klapte een deur. Filou verstijfde. Haar blik ging omhoog, eerst naar het plafond, toen naar de wenteltrap die naar het kamertje leidde waar de buurtvereniging vergaderde, en daarna verder naar de zolder en het uurwerk van de torenklok. Dat had ze een keer gezien op Open Monumentendag. Filou had ernaar gekeken en toen was de klok gaan slaan: twaalf lange, dreunende slagen.

De vloer kraakte. Eerst recht boven haar hoofd en daarna verder naar achteren.

Filou voelde zich duizelig worden. De kerk was verlaten, toch? Er was niemand anders, toch? Maar die geluiden...

Gewoon de wind. Doe niet zo stom!

Ze haalde diep adem en zette haar voet op de onderste trede van de wenteltrap. Langzaam, zodat het hout niet kraakte, sloop ze omhoog. Het duurde een eeuwigheid voor ze de overloop bereikte. Haar hand zweefde boven de deurklink van het vergaderkamertje... en duwde hem omlaag.

Op slot.

Maar boven haar hoofd tikte iets. Schuifelde.

Even aarzelde ze, maar toen ging ze verder. Een klein deurtje – een dwergendeurtje bijna – ging naar de klok. Links was de grotere deur naar de zolder. Een gevaarlijke zolder, zei mevrouw Bruinsma altijd, want de plankenvloer was oud en vergaan en...

13

Hij kraakte opnieuw.

Ineens liet Filou alle voorzichtigheid varen. Ze gooide de deur open, rende de laatste treden langs de trap omhoog, tastte naar het lichtknopje – dat móést er zijn – en vond het. Tl-buizen knipperden en overgoten de ruimte met witspetterend licht. Ze zag zware, stoffige dakspanten en een eindeloos plafond. In een hoek stonden vergeten, metalen archiefkasten.

Iets scharrelde piepend weg voor haar voeten. Een muis, of een rat? Snel zette ze weer een stap naar achteren. En toen...

'*Meisje!*'

Ze bleef staan en keek om zich heen. Wat was dat?

'*Meisje...!*'

De stem – was het wel een stem? – was smekend en een beetje klaaglijk. Ze wist niet eens of ze hem echt gehoord had, of dat het geluid alleen aan de binnenkant van haar hoofd klonk. Ze slikte moeilijk.

'*Meisje!*'

Weer! Rillingen vlogen over haar rug. Haar blik schoot van hoek naar hoek, van het plafond naar de vloer en de smalle deur in de zijwand en...

Het licht ging weer uit alsof de stroomtoevoer plotseling was afgesneden. Van beneden uit de hal klonk het scherpe getik van hakken op steen en de bitse stem van mevrouw Bruinsma. 'Wie is hier binnen!?'

Niet de bezorgde vraag van iemand die bang is een kind per ongeluk te hebben opgesloten. Ze klonk boos. Woedend zelfs.

14

Maar Filou werd slap van opluchting. Zo snel haar benen haar konden dragen, roffelde ze de trap af, omlaag. Naar mevrouw Bruinsma.

Naar de vrijheid.

Ze had haar handen in haar zij. Haar zwart met grijze haren waren altijd weggestopt in een strakke vlecht, maar nu wapperden ze los over haar schouders in de tocht van de openstaande deur. Met haar hoofd in haar nek keek ze omhoog langs de wenteltrap. Haar hand rustte op de lichtschakelaar.

Heel even kon je zien dat mevrouw Bruinsma ooit een mooie vrouw was geweest. Vroeger, dacht Filou een beetje gemeen. Héél, héél vroeger.

'Wat doe jij hier, kind!' Mevrouw Bruinsma's stem sloeg een beetje over. 'Jij had allang thuis moeten zijn!'

'Sorry,' hijgde Filou, terwijl ze de trap afstampte. 'Ik moest plassen en toen…'

De oudere vrouw kneep haar ogen tot spleetjes. 'Als ik dat licht niet had gezien, had je hier uren vast kunnen zitten.'

Ze zweeg plotseling en zuchtte diep. Ze beefde een beetje. Bijna alsof ze zich zorgen had gemaakt, bedacht Filou verbaasd.

'Het was niet met opzet,' zei ze en probeerde schuldbewust te klinken.

'Dat zal wel niet,' zei mevrouw Bruinsma, ineens weer kil. 'Er gebeurt nóóit iets met opzet. Maar ondertussen zit je moeder in de zenuwen en ik kan heen en weer

draven. Plássen, hmpf. Wie weet wat er had kunnen gebeuren?'

Niet zo heel veel, dacht Filou. Ik was hoogstens doodgegaan van verveling.

Haar angst leek ineens een beetje belachelijk. Wat was
er meer in dit gebouw dan boeken, kerkbanken en oude
kasten? Met een diepe zucht probeerde ze langs de bibliothecaresse te schuiven. Ze kon maar beter maken dat ze
thuiskwam.

Toen rukte een windvlaag aan de openstaande deur. Het
ding sloeg tegen de stenen muur en zwaaide meteen terug
om met een harde klap dicht te vallen. Boven hun hoof-
den kraakte de vloer opnieuw.

Mevrouw Bruinsma keek op en ademde scherp in. Haastig
streek ze een paar haren achter haar oren. 'Je bent toch
niet op de zolder geweest, hè?' vroeg ze.

Filou schudde haar hoofd. 'De zolder is gevaarlijk,' zei
ze snel. 'Dat zegt u toch altijd?' Ze piekerde er niet over
om te zeggen dat ze op het punt had gestaan wél te gaan
kijken.

'Goed,' mompelde de bibliothecaresse. Ze leek vreemd
opgelucht. 'Goed.'

Toen griste ze Filous tas van de grond, duwde hem in haar
handen en schoof haar naar buiten. 'Schiet op, kind,' zei
ze bits. 'Je hebt alweer ellende genoeg veroorzaakt. Maak
dat je thuiskomt.'

'Maar…'

Filou wilde zeggen dat het haar schuld niet was. Dat er
niets ergs gebeurd was en dat mevrouw Bruinsma er zelf

ook wel iets mee te maken had gehad. Wíe had haar nou opgesloten? Maar toen ze het gezicht van de bibliotheca-resse zag, bedacht ze zich. Met de lege tas tegen zich aan-geklemd rende ze het pad af naar de straat. Bij het ijzeren hekje bleef ze staan en keek over haar schouder.

Mevrouw Bruinsma sloot de kerkdeur af met een sleutel die zo groot was als Filous hand. Ze draaide hem eenmaal om. Nog een keer. En nog een keer. Onverstaanbaar ge-mompel verwaaide in de storm.

Filou rende terug naar haar huis. Als ze het lief vroeg, wilde mama misschien wel chocomel maken.

Filous moeder was helemaal niet bezorgd. Ze had niet eens doorgehad dat Filou weg was. Ze stond in de keuken en roerde in een grote pan soep, die ze alvast klaarmaakte voor de volgende dag. Dat scheelde tijd, zei ze, en dat was nodig ook. Filous vader was vijf jaar geleden doodgegaan – Filou herinnerde zich hem nauwelijks – en daardoor had mama het eigenlijk altijd druk. Ze werkte vier dagen per week, deed het huishouden en repareerde alles in huis wat gerepareerd moest worden. Daarnaast reed ze op de vrij-dag de schoolkinderen naar het zwembad én was ze vrij-williger in het buurthuis. Daar moest je tijd voor máken, vond ze. Zelfs als je het niet had.

De keuken was warm en benauwd. Druppels kleefden aan de muren en het plastic schrootjesplafond. De afzuigkap was al weken kapot.

'Ach, daar ben je weer.' Filous moeder glimlachte. 'Was het gezellig in de bieb? Je bleef zo lang weg.'

'Ik…' Even stond Filou op het punt om te vertellen wat er was gebeurd, maar toen bedacht ze zich. Het klonk stom. Haar moeder zou lachen. Dat deed ze vaak als er niets echt ergs gebeurd was. En Filou voelde zich dan een vreselijke kluns.

'Ging wel,' zei ze daarom, 'mevrouw Bruinsma vroeg naar dat C-boek.'

Mama keek over haar schouder. Haar bruine ogen schitterden. 'Deed ze moeilijk?'

Filou haalde haar schouders op. 'Beetje.'

'Moet ik met haar praten?'

'Nee!' antwoordde Filou snel. 'Het maakt niet uit, mam.'

Haar moeder trok haar wenkbrauwen op. 'Ze bedoelt het niet verkeerd, weet je,' zei ze. Haar stem werd een beetje zachter. 'Toen zij jong was, was het heel normaal dat kinderen alleen de boeken lazen die voor hun leeftijd bedoeld waren. Tegenwoordig gaat het anders, maar zij is gewoon een beetje ouderwets.'

'Net als dit dorp,' mopperde Filou.

Mama glimlachte. 'Misschien wel.'

Ze liet de pan een ogenblik voor wat hij was en liep naar haar dochter. Een warme arm gleed om Filous schouders en ze liet zich tegen haar moeder aan trekken. 'Het is al kwart over acht,' fluisterde mama in haar oor. 'Karin zal wel online zijn. Schiet je op? Ik maak wel een kop warme chocolademelk voor je. Goed?'

Karin wás online. Net als elke maandag-, woensdag- en vrijdagavond rond kwart over acht. Dat ging al zo vanaf het moment dat ze naar de stad was verhuisd omdat haar ouders gingen scheiden. Het was al meer dan een halfjaar geleden, maar Filou miste haar beste vriendin ontzettend. Bellen en mailen is nou eenmaal niet hetzelfde als samen door het dorp struinen, voor de tv hangen en héél veel kletsen. Zelfs niet als je vaak gaat logeren.

Het poppetje van Karin-☺-Drakenprinses was groen en Filou klikte erop. *Hé,* typte ze. *Hoest?*

Het antwoord kwam bijna meteen:

Karin-☺-Drakenprinses zegt: Goed hoor. Jij? Je bent laat!! 😾

Filou zuchtte en typte: Srry! Gezeik met de heks.

Karin en zij noemden mevrouw Bruinsma altijd de 'heks van de bibliotheek'. Die titel had ze dik verdiend met haar scherpe stem en talloze standjes.

Karin-☺-Drakenprinses zegt: Wtdn?

Filou zegt: Niks joh! Hoest met Martin? 😳 ♥ ♥ ♥

Martin was een jongen uit Karins nieuwe klas. Ze was helemaal gek van hem, maar durfde hem niet te vragen. Filou was eigenlijk een beetje jaloers. Zij was nog nooit verliefd geweest. In Watervoorde waren geen leuke jongens. Maar Karin veranderde zo, sinds ze verhuisd was. Een stádsmeisje, dat werd ze.

Karin-☺-Drakenprinses zegt: ☺☺ Hij is LEUK!!! Heb met hem gprt en bij gym mochtie kiezen voor handbal. Toen koos ie MIJ! ♥ ♥ ♥ ♥

Filou zegt: Wou dat hier eens wat gebeurde.

Karin-☺-Drakenprinses zegt: Saai?

Filou zegt: Nou… gwn niet chill!

Karin-☺-Drakenprinses zegt: Wtdn?

Filous vingers bleven rusten op het toetsenbord. Ze staarde aarzelend naar het scherm, waar de cursor geduldig knipperde onder Karins laatste bericht.

Filou zegt: Zat opgesloten. In de bieb!!! ☹☹

Snel typte ze verder.

Niet zo hl lang hoor. Mevrouw Bruinsma deed de deur op slot toen ik op de plee zat. Maar het was vet eng.

Karin-☺-Drakenprinses zegt: LOL! ☺☺☺☺☺

Filou beet op haar lip.

Filou zegt: Níét! ☹ *Was mr n halfuurtje of zo. Maar*

Weer aarzelde ze. Zou ze het vertellen? Zou Karin haar begrijpen?

Filou zegt: het leek net alsof ik niet alleen was. En GEEN VERBEELDING. Gwn scary.

Karin-☺-Drakenprinses zegt: Hoezo?

'Goeie vraag,' mompelde Filou voor zich uit.

Ze sloot haar ogen, terwijl ze terugdacht aan het kraken van de vloeren, het slaan van die deur en het huilen van de wind. Kippenvel kroop over haar armen. De computer maakte een geluidje en Filou keek haastig naar het scherm.

Karin-☺-Drakenprinses zegt: HOEZO???

Iets op zolder, schreef Filou, en ineens wist ze zeker dat ze gelijk had. Er wás iets geweest en mevrouw Bruinsma wist ervan. Haar trillende handen en haar nerveuze blik waren het bewijs.

Filou zegt: Maar k mocht r niks van weten.

Karin-☺-Drakenprinses zegt: Vet! Ga je nog n keer kijken?

Filous vingers zweefden boven het toetsenbord. In haar

hoofd hoorde ze het geluid weer. Ze was schijtebang geweest, maar tegelijk... Het klonk zo droevig. Hulpeloos.
'Meisje.'
Iets dat gevangen was. Iemand die alleen was?
Filou zegt: Kweenie.
Karin-☺-Drakenprinses zegt: Gaan we sámen!! Nog 2 weekjes
en k kom logeren!
Filou grinnikte tegen de computer. Dat was nou typisch
Karin. Haar vriendin had altijd woeste plannen. Dat miste
ze misschien het meeste, want Filou was niet zo dapper
alleen. Ze nam een besluit.
Filou zegt: Deal!

2. Shohana

Het halletje was verlaten. De stenen vloer glansde rood en koud. Een dun streepje licht scheen van onder de zwarte deur van de bibliotheek. Flarden van gesprekken dreven in Filous richting: de harde stem van Janny Everhart, die elke week kwam voor een nieuwe streekroman. Daartussen klonk het hoge geluid van haar dochtertje. Kleine Annejet hing vast al aan haar moeders arm om haar mee te krijgen. Zo was het altijd.

Filou deed zachtjes de buitendeur dicht. Onder haar arm klemde ze een lege, linnen tas, zogenaamd voor boeken. Mevrouw Bruinsma leende nooit iets uit aan iemand die geen tas bij zich had. Maar Filou ging de bibliotheek niet in vandaag.

'Nou, tot volgende week dan, hè? Doei, doei!'

De deur zwaaide open en een golf van warmte en licht stroomde het halletje in. Filou stapte achteruit en verstopte zich in de schaduw van de trap. Als Janny Everhart haar zag, zou ze tegen haar gaan praten met die dreunende stem. Mevrouw Bruinsma zou het horen en dan kreeg ze nooit de kans om stiekem de trap op te glippen. En Filou móést naar boven.

Natuurlijk ging het niet zoals ze hadden afgesproken. Alles was al geregeld voor de logeerpartij. Maar toen mailde Karin dat ze toch níét kwam. Iets met een klassenfeest op school. Filou beet op haar lip toen ze eraan dacht. *Stomme klas. Stomme Martin!* Want dat was het écht, geloofde ze. Karin hoopte dat hij haar zou vragen. *En míj laat ze stikken!*

Eigenlijk had ze de hele zoektocht willen afblazen. Maar toch stond ze hier. Misschien omdat ze die stem maar bleef horen: *'Meisje…'* Of misschien omdat ze telkens droomde en wakker werd met zo'n droevig 'alleen'-gevoel in haar buik. Filou wilde dat het overging.

Ik héb Karin niet nodig!

Stilletjes stond ze in de schaduw en probeerde te versmelten met het donker. Maar Janny Everhart stapte met grote passen langs haar, gooide de buitendeur open en verdween. Annejet dribbelde achter haar aan.

Nú dan.

Snel begon Filou te klimmen. Het licht liet ze uit en ze zette haar voeten voor op de treden, waar ze het minste kraakten. Niemand zou het merken. En toch was ze zo misselijk van spanning, dat het voelde alsof ze een hele zak bananenschuimpjes had opgegeten.

Het overloopje. Het klokkendeurtje. De zolder.

De omtrekken van de deur waren zwart in het schemerdonker. Ze legde haar hand op de klink, haalde diep adem en opende de deur. Haar vinger op het lichtknopje.

Klík.

De wijde zolder strekte zich voor haar uit. Slierten spinrag hingen van de balken: zwart en vol oud stof. Vuil prikte in haar neus en ze nieste.

Filou sloot haar ogen een schietgebedje. *Was Karin hier nou maar.* Toen zette ze een stap naar voren. De vloer kraakte dreigend, maar leek stevig genoeg. Nog een stap.

Niets.

Ze deed haar ogen weer open en keek rond. In een web boven haar hoofd hing een harige spin. Het spinrag bewoog zachtjes in de wind die door de kieren van het dak blies. De spin rende weg en verstopte zich in een spleet.

'Yuk!' zei ze zachtjes.

Oplettend dat ze niet op verrotte planken stapte, zocht ze haar weg over de zolder naar de archiefkasten. Ze trok aan een la… die klemde. Ze rukte harder en hij schoot open. De papieren in de kast roken muf en voelden breekbaar, alsof ze elk moment uit elkaar konden vallen. Ze zag oude foto's van het dorp. Jongens met een pet en een kniebroek in nette rijen voor een gebouw dat een school kon zijn. Meisjes met een kapje op. Ze sloot de la weer en keek om zich heen.

Was er dan toch niets? Had ze zich alles verbeeld?

Er lag een oude jutezak voor haar voeten, zo een waar ze vroeger aardappels in stopten. Een kerkbank stond tegen een slordig getimmerd wandje.

Wandje?

Filou keek beter. Houten schotten schermden een deel van de zolder af. Het hout was lichter en nieuwer dan de rest en er zat een deur in die ze eerder niet had gezien. Het was niet meer dan een stuk losgezaagd hout en de zaagsnede was dun, zodat hij niet opviel. Maar het wás een deur, die langzaam openzakte tot een brede kier. Erachter scheen warm, roodachtig licht.

24

Een deel van Filou wilde wegrennen, de trap af, naar buiten. Maar een ander deel werd aangetrokken door dat vreemde schijnsel.

Dát deel zorgde ervoor dat ze naar voren stapte. En nog eens. Ze lette niet meer op het kraken van de vloer of het waaien van de wind door de kieren. Ze liep naar het licht alsof ze betoverd was.

Toen ze de deur openduwde, werd ze verwelkomd door een schorre, breekbare stem. 'Eindelijk.'

Het was een vrouw. Haar haren waren dun en grijs, haar handen kromgetrokken door de jaren, en haar gezicht leek gekreukeld papier. Ze zat in een grote, groenfluwelen stoel met een hoge leuning. Voor haar op een tafeltje brandde een kaars in een rood glas. Gekleurde schaduwen flikkerden over haar gezicht.

Filou bleef staan. Ze durfde niet naar binnen te gaan, maar tegelijk was ze bang om te vertrekken.

'Eindelijk ben je daar.'

De oude vrouw hief haar gezicht op en even dacht Filou dat ze uit elkaar zou vallen, als een herfstblad dat verkruimelt in de wind. Haar ogen glansden vochtig.

'Ik heb zo lang gewacht.' Ze glimlachte. Het was een jonge glimlach voor iemand die zo oud was, en tegelijk een beetje droevig.

'Wie bent u?' fluisterde Filou. 'Waarom bent u hier?'

'Ach...'

De vrouw hield haar hoofd schuin. Haar vingers grepen in elkaar.

Filou deed voorzichtig een stapje naar voren. 'Het lijkt
wel… alsof u… Woont u hier?'
Opnieuw die trieste glimlach.
'Wonen? Is het wonen als je de jaren voorbij ziet gaan vanuit de stilte van één kamer? Woon je in een gevangenis?'
Filous mond was plotseling droog.
'Lange, lange jaren was ik hier. Ik hoor de vogels scharrelen
op het dak. Ik hoor de muizen ritselen. Ik zie de spinnen
eindeloos hun web weven. Maar ik zie geen bloemen. De
warmte van de zon voel ik niet. Het blauw van de lucht
ben ik bijna vergeten.' Haar stem brak en haar ogen werden vochtig. 'Meisje. Ik heb zo lang gehoopt dat iemand
me zou horen. En nu ben je gekomen.'
Ze strekte een magere hand naar de deur, naar Filou. En
ook Filou stak haar hand uit en stapte de kamer in. Heel
even was het alsof iets haar wilde tegenhouden. Iets dat
prikte op haar huid. Tintelde.
Maar toen was het weg en Filous hand raakte de benige
vingers; de vrouw in de stoel straalde van blijdschap.
'Meisje! Filomena!'
Filou verslikte zich bijna van schrik. Ze haatte de naam
die haar ouders haar hadden gegeven. Filomena was de
oma van papa, maar de hele klas lag krom als de rapporten
werden uitgedeeld.
'Hoe weet u hoe ik heet?'
De oude vrouw zuchtte en keek Filou vriendelijk aan.
'Omdat ik ben wie ik ben. Filomena, ik ben Shohana. En
ik ben een tovenares.'
Filou wist niet of ze moest gillen of huilen of heel erg hard

lachen. Dit waren de woorden van een demente, oude vrouw. En toch…

Ze bewoog zich niet en keek recht in de troebele ogen, die ooit helderblauw moesten zijn geweest. 'Shohana?' fluisterde ze.

De vrouw legde haar andere hand over de hare. 'Ik ben zo blij dat je gekomen bent,' prevelde ze. 'Al die jaren heb ik gewacht en geroepen. Niemand luisterde. Maar nu komt alles goed. Jij kunt me helpen om naar huis te gaan.'

'Ik geloof niet in toverij,' zei Filou langzaam. 'Heksen bestaan niet.'

De vrouw die zei dat ze Shohana heette, knikte. 'Dat snap ik,' zei ze. 'Jullie hier begraven je achter computers. Jullie maken rekensommetjes, jullie voelen het niet. Maar ik kom uit een land van anders. Uit Udana, het land achter het water.'

Haar stem had een dromerige klank. Filou merkte dat ze plotseling dacht aan warme zomerdagen en de koelte van een rivier. Ze hoorde gefluit van vogels en zag zonlicht dat schitterde op het water.

Ze haalde diep adem. 'Als u een tovenares bent, waarom tovert u zichzelf dan niet weg? Waarom bent u hier?' Ze probeerde rustig te blijven, maar merkte dat haar stem net iets te hard klonk en net iets te hoog.

Er flikkerde iets in de ogen van de oude vrouw. Ze boog zich voorover en Filou voelde warme adem op haar wang. 'Je hebt het gemerkt, klein meisje Filomena. Je voelde de tover die me vasthoudt. De hekserij in dit,' ze spuugde de woorden bijna uit, 'dit stinkhol!'

Filou deinsde achteruit. Er wás een barrière geweest. Iets dat haar had aangeraakt toen ze het rode licht was binnengegaan. Ze rilde, al was het niet koud.

'Hoe?' vroeg ze.

De scherpte die Shohana eventjes zo griezelig had gemaakt, verdween en ze schrompelde weer in elkaar tot een gewone oude vrouw.

'Zíj houdt me hier vast. Brenaris.'

Ver beneden hen opende een deur. Stemmen echoden in de hal. Shohana verstijfde en haar blik flitste in Filous richting. 'Hoe laat is het? Ze gaat toch niet sluiten?'

Filou fronste haar voorhoofd.

Het was nog vroeg geweest toen ze binnenkwam, maar hoeveel tijd was er verstreken? Het was moeilijk te zeggen op deze vreemde plek.

Beneden sloot de deur zich weer en de stemmen stierven weg. 'Nee,' mompelde Filou. 'Mevrouw Bruinsma gaat weer naar binnen. Ze...' Toen hief ze met een ruk haar hoofd op. 'Mevrouw Brúínsma? Is zij...'

De vrouw tegenover haar knikte. 'Ja,' zei ze, terwijl haar schouders zich kromden en haar vingers in elkaar grepen. 'Zij is Brenaris. Mijn zuster, die haar hele leven al jaloers op me was, al heb ik haar nooit iets gedaan. Maar op de dag dat ik werd uitverkoren de Sleutelsteen te dragen, de Steen die de poorten opent, stond ze voor me.' De schaduwen om Shohana werden dieper en ze haalde diep adem. 'De haat in haar ogen vergeet ik nooit. Ik wist dat ze me kwaad wilde doen, absoluut zeker. En ik deed het enige wat ik kón. Ik vluchtte door de poort, naar deze wereld.'

28

Shohana zweeg en slikte moeilijk. Ze maakte een vaag gebaar met haar hand naar een kastje waarop een pak DubbelFrisss stond. Filou stond op en schonk een beetje in het gebutste glas dat ernaast stond. Shohana nam het met bevende handen aan en dronk.

'Ze volgde me. Ze overmeesterde me. Brenaris is een sterke tovenares, weet je. En toen sloot ze me op. Ze laat zelfs geen wáter toe in deze vreselijke gevangenis uit angst dat ik de betovering zou verbreken en ontsnappen naar mijn eigen wereld.'

'Water?'

Het duizelde Filou. Het leek wel alsof ze in zo'n 'voor de gek hou'-programma op tv was beland. Maar bij de tv wisten ze niet dat Watervoorde bestond. En niemand wist dat zij hier was. Hoogstens Karin.

En die denkt alleen maar aan Martin!

'Voor ons heeft water magische kracht,' zei Shohana. 'Water absorbeert magie, het verpulvert kwaadaardige bezweringen. Maar toen Brenaris mij achtervolgde, heb ik de Sleutelsteen verborgen. Hij is buiten haar bereik nu, maar ook buiten het mijne. En zonder de Sleutelsteen is er geen weg terug.'

Er was zo veel verdriet in die schorre, gebroken stem. Zo veel verlangen. Filou kon het bijna niet bevatten. Haar ogen werden vochtig.

'Ik wist niet dat mevrouw Bruinsma zo gemeen was,' zei ze hulpeloos.

Maar terwijl ze dat zei, wist ze dat dat niet waar was. Ze wist het wél.

Ze had het gehoord in die scherpe stem. Gezien in die felle, pinnige ogen.

'Filomena?' vroeg Shohana heel zacht. 'Zo veel jaren... Ik wil naar huis.'

Filou staarde naar het flikkerende computerscherm en kauwde op een van haar korte, zwarte vlechtjes. Haar moeder zei dat het niet mocht, maar ze kon het niet laten. Pech dan! Om haar heen was het donker. Uit de woonkamer klonken de warrige geluiden van een wasmiddelreclame. Nog even en dan begon *Ontdek je talent*. Haar moeder vond dat leuk.

Karin-☺-Drakenprinses zegt: Wow!!! Is het écht echt???

Moeilijke vraag.

Daar, op de zolder van de oude kerk, was het duidelijk geweest. De droevige blik van de oude Shohana en de scherpe stem van mevrouw Bruinsma lieten weinig ruimte voor besluiteloosheid.

Maar nu?

Ze pakte de kop chocomel naast haar en nam een slok. Slagroom plakte aan haar neus en ze likte het af met het puntje van haar tong.

Ze typte: *D8 t wel. Ze wil dat k r help.*

Karin-☺-Drakenprinses zegt: Méén je!!! 😮

Filou zegt: Kweenie. Stel dat ik t mis heb? 😟 *Straks is ze een kinderlokker, of een gevaarlijke gek.*

Ze voelde zich stom terwijl ze het schreef. Shohana was zo vriendelijk geweest.

Karin-☺-Drakenprinses zegt: Een HEKS!! 😆

30

Filou stak haar tong ook uit, maar dat zag Karin niet natuurlijk.

Karin-☺-Drakenprinses zegt: Je wilt toch niet opgeven, hè? 😲 *Dit is vét.*

Filou staarde naar het scherm. Zodra ze weer thuis was, had ze Karin gemaild. Ze was dan wel een beetje boos omdat ze niet was gekomen, maar haar vriendin was de enige aan wie ze kon vertellen wat er was gebeurd.

Kweenie 😎, typte ze ten slotte.

Karin-☺-Drakenprinses zegt: Bangerik!

Een hand raakte haar schouder. 'Heb je nog genoeg te drinken?'

Filou keek geschrokken om. Hoe deed ze dat toch? Filous moeder kon lopen zonder geluid te maken, licht en soepel alsof ze nooit iets aanraakte. 'Doe niet zo eng!' zei ze. 'Je lijkt wel een spook soms.'

Mama grinnikte en maakte een snurkend geluidje. Dat was erg onspookachtig.

'Wat is dat?' zei ze en wees naar het scherm. 'Toch geen ruzie met Karin?'

Filou klikte het beeld haastig weg. 'Nee hoor,' antwoordde ze.

'Gelukkig maar,' zei mama.

Ze bleef nog een poosje staan kijken, maar Filou raakte de toetsen niet meer aan. Toen slaakte ze een zucht en liep de kamer weer uit.

Filou keerde zich weer naar de computer. *Jij je zin!* schreef ze.

Ze wachtte niet op antwoord en sloot de computer af.

De ochtend kwam ijzig koud, maar de lucht was blauw en de zon scheen helder. Buiten was het wit en op de takken van de bomen stonden witte naaldjes stijf rechtop.

'Ik heb een sinaasappel in je trommeltje gedaan en zo'n mueslireep,' vertelde haar moeder. Ze stond in haar ochtendjas in de keuken en aan haar blote voeten had ze pantoffels met berenkoppen. Ze zag er een beetje gek uit, vond Filou.

Ze rimpelde haar neus. 'Yuk. Die dingen zijn vies!'

'Wat bedoel je? Sinaasappels?' vroeg haar moeder. Ze keek haar dochter onschuldig aan.

'Niks,' mopperde Filou. Ze trok een gezicht, griste haar tas van de haak en rende naar buiten.

'Veel plezier op school!' riep mama haar nog na. 'Ik denk dat ik wat later ben met mijn werk vanavond.'

'Jaha!' schreeuwde Filou.

Haar fiets lag nog op dezelfde plek waar ze hem de vorige avond had neergegooid. Er zat een dun laagje rijp op het zadel. Toen ze het eraf streek, prikte de natte kou haar handen.

Haastig duwde Filou haar fiets door de tuin naar buiten. Maar toen de deur achter haar dichtviel, sloeg ze niet rechtsaf naar school. Filou ging linksaf, naar het haventje. Naar de plek waar Shohana ooit naartoe was gevlucht.

De tovenares had het haar verteld met die zachte, hese stem: hoe de poort tussen de werelden haar bij de rivier van Watervoorde had gebracht. Een verbindingsplek noemde ze het. Een plek waar de grenzen van werelden elkaar raakten. Je vond ze vaak bij water. 'Water is magie,' herhaalde Shohana ernstig.

Maar Brenaris was haar achternagekomen, door dezelfde poort. Doodsbang was ze naar het haventje gevlucht en toen ze haar zuster niet kon afschudden, had ze de Sleutelsteen daar verborgen. In al de jaren die volgden, had ze de schuilplaats geheimgehouden. Shohana had hen beiden tot gevangenen gemaakt. Zijzelf was gevangene van haar zuster, maar ook Brenaris kon niet meer vertrekken.

Filous hart begon sneller te kloppen als ze dacht aan de gefluisterde woorden van Shohana: 'Misschien, Filomena, is hij niet verloren. Het kan zijn dat de Sleutelsteen daar nog altijd ligt, onder een grote steen met een uitstulping aan één kant. Een steen als een sleutel.'

Het haventje was verlaten, net als altijd. Alleen een kleine, lekke roeiboot lag op de kant te wachten tot iemand hem ging repareren.

Er lagen geen andere boten. De rivier om de kade was veel te ondiep en niemand kwam op het idee de haven uit te baggeren.

Filou gooide haar fiets in de struiken en liep de helling af. Ze moest oppassen dat ze niet uitgleed. De stenen waren glad en het zou niet de eerste keer zijn dat ze hier een gat in haar broek viel.

Bij de verste punt van de kade bleef ze staan. Ze boog zich voorover en speurde over de grond. Welke steen was het geweest? Er waren er zo veel...

'Filou!'

Met een ruk keek ze op en staarde in het gezicht van een

oude man. Hij had een hoedje op z'n hoofd met een gleuf en zijn tanden waren geel. Een pekinees zat aan een dunne lijn en gromde. 'Moet jij niet naar school?' vroeg meneer Hofman.

Filou slikte. 'Nee hoor,' zei ze gauw. 'Dit ís voor school, begrijpt u? We moeten onderzoeken hoe Watervoorde er vroeger uitzag. Projectweek! En het haventje is al heel oud. Toch?'

Meneer Hofman fronste zijn wenkbrauwen. 'Hmmm. Dat soort dingen deden wij vroeger nooit.' Hij aarzelde. 'Maar het is een leuk idee. Dat wel. Hmmm. Weet je wat, Filou? Waarom kom je later op de dag niet even bij me langs. Ik heb nog foto's van vroeger. Dat zou wel passen, denk je niet? Ik zou je nu wel willen helpen, maar mijn zuster komt op bezoek, weet je.'

'Goh, dankuwel, meneer,' viel Filou hem haastig in de rede. 'Ik kom zeker. Echt. Heel aardig.'

'En boeken,' ging meneer Hofman verder. 'Die heb ik ook.'

'Tot vanmiddag, meneer!' riep Filou.

Snel draaide ze hem haar rug toe en dook weg achter een hoge bolder. De oude man mompelde nog iets en liep verder. Filou liet zich met haar rug tegen het hout zakken. Langzaam werd het bonken van haar hart minder.

Haar ogen bestudeerden de kaderand. Geel gras groeide tussen de stenen. Dood riet prikte omhoog uit het water. Prut van dode bladeren lag aangekoekt tegen een grotere steen naast het schelpenpaadje. Een maffe vorm had het ding, bedacht ze. Langwerpig met een hoek.

34

Natuurlijk!

Ze sprong op. Het móést hem zijn. De punt was het enige deel van het haventje dat niet was afgegraven toen vorige zomer bankjes waren geplaatst en bakken geraniums. Als ze de steen nog kon vinden, moest het hier zijn.

Haar hart begon weer te bonzen, toen ze erheen liep. De kleur was zanderig rood en ze zag kleine zwarte adertjes. Hij stond een beetje omhoog en het uitsteeksel aan één kant was nu duidelijk te zien. Het was een oude steen. Niet eentje die kant-en-klaar uit de fabriek kwam.

Ze begon te wrikken. Maar hij zat muurvast in de koude grond. Filou griste een stokje van de grond om zand weg te schrapen, maar het brak.

'Verdorie,' mompelde Filou.

Ze stond op en keek in het rond. Was er dan niets? Een stuk ijzer misschien, of iets anders?

Onder een van de struiken lag een roestig poezenblikje. Filou pakte het en stampte het plat met haar hak. 'Bijna een mes,' mompelde ze.

Ze knielde weer en gebruikte het blik om aarde weg te schrapen. Eén keer glipte het uit haar vingers en sneed ze zichzelf. Een dikke druppel bloed welde op. Ze stak haar vinger in haar mond en zoog.

Toen – ze wist niet hoe lang ze al had gewerkt – voelde ze beweging. Filou greep de steen, wrikte hem verder los en legde hem opzij.

Eronder zag ze licht zand en zwarte aarde. Ze woelde met haar vingers. De aarde was daar gelukkig niet bevroren en zelfs een beetje vochtig. Even dacht ze dat ze niets zou vinden en dat de Sleutelsteen allang verdwenen was. Maar toen voelde ze iets hards. Filou graaide dieper en op het moment dat haar vingers hem pakten, wist ze dat dit dé Steen was. De tinteling op haar vel prikte als een brandnetel en een hete blos kroop omhoog over haar wangen.

Hij was kogelrond en blauw als de hemel aan het einde van een mooie zomerdag. Aan één kant zag ze een afbeelding van de maansikkel. Aan de andere kant stonden kronkelige lijntjes: golven zoals een klein kind ze tekent.

'Dat is hem,' mompelde Filou. 'Wow... Dat ís hem!'

Ze draaide hem om en om in haar vingers en veegde het vuil uit de groeven. Ze spuugde erop om hem nog beter schoon te poetsen. Het blauw werd dieper en glanzender. Alsof de Steen blij was dat hij eindelijk gevonden was. 'Je bent mooi,' mompelde Filou.

Plotseling besefte ze dat ze niet verwacht had dat het echt waar zou zijn. Een stukje van haar had Shohana niet geloofd. Maar dit wás de Sleutelsteen. En Filou had hem gevonden.

3. De Sleutelsteen

'Wat doe jij hier?'

'Dat kan ik jou ook vragen.' Filous moeder zette haar handen in haar zij en trok vragend haar wenkbrauwen op.

'Ja, maar... Jij moest toch naar je werk?'

'En jij hoort op school te zitten.'

'Ik...'

'De vergadering van vanmiddag is afgezegd,' zei Filous moeder. 'En de klussen die er nog lagen, kon ik net zo goed thuis doen. En dat is maar goed ook, geloof ik.' Ze fronste dreigend haar wenkbrauwen. 'Spijbel je vaker?'

Filou keek naar de grond en schuifelde met haar voeten. Haar handen hield ze diep in haar zakken. In haar rechtervuist klemde ze de Sleutelsteen. 'Ik had buikpijn,' zei ze uiteindelijk.

'Buikpijn?' Haar moeder klonk ongelovig. Filou vond het zelf ook een slechte smoes. Maar wat moest ze anders zeggen? Mama had niet hier horen zijn. Wat had je nu aan een werkende moeder als ze thuis bezig was?

Een koele hand raakte haar voorhoofd en duwde daarna Filous kin omhoog. Mama keek haar met onderzoekende ogen aan.

'Hmm,' mompelde ze ten slotte. 'Het gaat een beetje rond. Buikgriep, bedoel ik. En je voelt inderdaad een beetje verhit. Gek, vanochtend leek je nog zo fit.'

'Het begon zomaar, mama,' zei Filou snel. 'Ineens misselijk en buikpijn, en ik ben ook zo vreselijk moe.'

'Ja?' Opnieuw was er iets van twijfel in mama's stem.

'Ja!' zei Filou. Ze kreunde erbij om zieker te lijken.

Haar moeder haalde haar schouders op. 'Ga maar gauw naar boven dan, naar bed,' zei ze. 'Je hebt geluk. Ik heb vanochtend je bed verschoond.'

Filou wachtte geen seconde. Ze schopte haar schoenen uit, gooide haar jas op de grond en rende weg.

Haar dekbed met trollen en heksen was verdwenen. In plaats daarvan lag er een roze met kroontjes. Normaal vond Filou het heerlijk om onder haar prinsessendekbed te slapen. De eerste nacht probeerde ze altijd de lakens glad te houden. Ze voelden zo lekker tegen je blote vel. Maar vandaag dook ze met kleren en al op bed, kruiste haar benen en opende haar hand.

De Steen prikte niet meer met dat brandnetelgevoel van eerst. Wel leek hij bijna warm. En ook – maar dat klonk een beetje gek voor een steen – zacht. Hij was dof geworden in haar zak. Filou wreef het oppervlak net zolang tot het weer begon te glanzen. Met haar nagel pulkte ze nog meer aarde uit de groeven. Nu zag ze dat de Steen wit was onder het blauw. En er zat een oogje aan, waardoor hij meer een traan leek dan een knikker. Moest je hem om je nek dragen?

Ze grabbelde in het troepjesbakje naast haar bed. Er lagen knikkers in, elastiekjes, punaises, een memory card van een oud fototoestel en een lange veter. Ze haalde het puntje door het oog en hing de Steen om haar nek. Dat voelde… vreemd. En een beetje verboden.

Ze deed hem snel af en liet hem heen en weer rollen over haar hand. 'En nu?' mompelde ze.

Meteen teruggaan naar Shohana kon niet. De bieb was hartstikke op slot. Maar een wéék wachten. Dat sloeg natuurlijk ook nergens op. Wat dan? Karin zou het weten, bedacht ze. Maar haar vriendin was hier niet en Filou kon niet eens naar de computer zonder dat mama zag dat ze niet ziek was. Trouwens, Karin zat toch op school. Misschien had Martin haar gevraagd en ging ze nu met hem. *Vast!*

Plotseling balde ze haar vuist, haar vingers stijf om de Steen. Stom! Karin moest bij háár zijn. Niet op een andere school met andere vriendinnen en een stom joch als Mártin!

Even, heel even maar, had ze de neiging hem weg te gooien. Maar toen werd het warme gevoel sterker, alsof ze een kruikje in haar hand had. Filou hield de Sleutelsteen vlak voor haar oog, zodat ze niets anders zag dan blauw en wit. De verdrietige boosheid in haar maag sijpelde weg als water door een afvoerputje.

'Het lijkt wel of je me aardig vindt,' fluisterde ze. 'Ben je blij dat je niet meer in het donker ligt?'

Het ding gaf geen antwoord. Tuurlijk niet. Maar Filou streelde hem en volgde de vormen van de maan en de golven met het topje van haar wijsvinger.

'Hoe gaat het, meisje? Voel je je al wat beter?'

Mama! Ze droeg een dienblad met zoethoutthee en beschuit. Filou stopte de Steen snel onder haar kussen.

'Wat is dat?' Haar moeder klonk nieuwsgierig.

'Niks.'

'Laat eens zien.' Nu was ze strenger. Ze zette het dienblad op het nachtkastje en duwde Filous kussen opzij.

'Gevonden,' zei Filou. 'Bij school.'

Ze pakte hem en hield hem omhoog. 'Goh,' zei ze langzaam. 'Wat een apart ding. Het kan best zijn dat iemand hem heeft verloren. Je moet morgen maar een briefje ophangen bij de super. Iemand zal wel balen dat hij weg is.'

Filou knikte gehoorzaam.

'Hoe is het met je buik?' vroeg mama.

'Doet nog steeds zeer,' zei Filou.

Haar moeder knikte en voelde nog een keer aan haar voorhoofd. 'Probeer wat te eten,' zei ze toen. 'En dan wat slapen of zo. Goed?'

Ze liep naar de gordijnen, sloot ze en liep zachtjes de kamer weer uit.

Filou wachtte tot ze haar voetstappen op de trap hoorde. Toen griste ze de Steen weer van het kastje en legde hem terug onder haar kussen. Een briefje ophangen? *Dacht het niet!*

Ergens ruiste water.

Filou opende haar ogen in het pikkedonker. Een ogenblik wist ze niet waar ze was. Niet eens wannéér ze was. Ze hoorde alleen dat zachte ruisen, dat zich verstopte op een plek waar je het maar net kon horen. Of net niet. Ze draaide zich op haar rug en bleef liggen. Langzaam druppelden de herinneringen terug.

Ze was op haar kamer, in bed. De Sleutelsteen lag onder het kussen en ze voelde kruimels van beschuit onder haar billen. Mama had haar soep en brood op bed gebracht. Ze had geen tv mogen kijken en was vroeg gaan slapen. 'Dan voel je je morgen weer beter,' zei mama. Ze had bezorgd geglimlacht en over Filous haar gestreken.

Nu was het nacht.

Haar hand gleed onder haar kussen. De Steen kroop in haar hand en Filou glimlachte in het donker. *Je bent er nog.*

Het ruisen stierf weg en veranderde van toon tot een fijn geklater.

Wat is het?

Toverij?

Ze liet zich uit bed glijden, maar liet de lamp uit. Voorzichtig schuifelde ze tussen playmobil en barbies door naar het raam. De maan was een helderwitte sikkel met daarboven een heldere ster. Misschien zelfs een planeet. Venus? Mama zei dat je die vaak als eerste kon zien.

Ze duwde het raam open en de nachtwind streek door haar haren. Ver weg klonk het gakken van overvliegende ganzen. Ze probeerde te horen waar het geklater vandaan kwam, maar het geluid glipte weg als ze er aandacht aan besteedde. Toch verbeelding?

Echt niet.

Het riep haar. Het lokte. En heel even leek het alsof Filou Shohana hoorde fluisteren in haar oor. 'Udana. *Het land achter het water.'* De Steen gloeide in haar hand toen ze het raam sloot en tastend de deur van haar kamer zocht.

De overloop.

De trap.

De gang beneden.

De wol van de vloerbedekking die kriebelde tussen haar tenen.

De deur van de woonkamer was open. De hamster ritselde in zijn kooi. De oude staartklok tikte luid.

Laarzen aan haar blote voeten. Een winterjas over haar nachtpon. Misschien droomde ze. Misschien was het allemaal helemaal niet echt. Maar de buitendeur kreunde toen ze hem opendeed en naar buiten stapte.

Koud.

Het ging vanzelf. Er was geen moment waarop ze dacht: weet je wat? Ik loop naar het water! Het gebeurde gewoon. Maar de Steen in haar hand vond het goed. En toen ze bij de brug kwam waar de kinderen 's zomers zwommen en speelden, leek hij het zelfs prettig te vinden. Het geklater in haar oren werd niet luider. Wel duidelijker.

Het was stil. Een wolk schoof voor de maan weg en ze zag de donkere vlekken van honderden koeten in het gras. Het waren grappige, zwarte vogels die zich hier verzamelden in de winter. De dieren klokten ongerust, toen ze tussen hen door liep.

'Moet ik hier zijn?' fluisterde ze. 'Waarom? Wat is er hier?'

Niemand gaf antwoord.

Kippenvel kroop over haar armen omhoog naar haar nek en ze rilde. Een paar koeten stortten zich in het water. Boos over de verstoring in de nacht.

Filou knielde in het vochtige, koude gras. Natte sprieten veegden over haar knieën.

Ze boog zich voorover. De maan glansde zilverwit in het zwarte water. Vaag zag ze de weerspiegeling van haar eigen gezicht. De glans van haar eigen ogen.

Tenminste...

Wáren het haar eigen ogen?

Haar mond was plotseling droog. Haar maag kromp samen, terwijl ze scherper keek en een hand uitstrekte. *Wie bén jij?* Maar toen bracht een windvlaag het water in beweging. Het beeld rimpelde en verdween. En...

'Hé!'

Het geluid was gedempt, maar in deze nacht klonk zelfs een fluistering hard. Filou draaide zich met een ruk om.

'Huh...?'

'Filou?'

Nu was er verbazing in de stem, samen met iets scherps. Filou herkende de donkere gestalte meteen en ademde scherp in. 'Bre...'

Ze beet haar tong bijna af. *Ben je gék geworden?*

'Mevrouw Bruinsma!' herstelde ze zich snel.

'Dus toch,' mompelde de bibliothecaresse bijna onhoorbaar.

Ze deed een stap in haar richting. Filou krabbelde haastig overeind en deed een stap achteruit. Haar voeten sopten in de zachte modder.

Maar mevrouw Bruinsma probeerde haar niet te grijpen. In plaats daarvan stak ze haar handen in de zakken van haar lange wollen mantel. Die was gemaakt van fijne, heel lichtgrijze stof. Hij oogde bijna antiek en paste helemaal niet bij haar. Toch droeg ze hem altijd.

'Wat doe jij hier?'

Filou kon horen dat ze haar best deed om rustig en vriendelijk te blijven. Maar ze vertrouwde de vrouw niet. Voor geen cent. Ze wist het immers. Zíj kende het geheim.

'Jij zou in bed moeten liggen,' zei mevrouw Bruinsma zacht. 'Wat doe je hier toch, half bloot en bij het water? Had je gedroomd misschien?'

Filou schudde haar hoofd. Ze probeerde te bedenken wat ze moest zeggen, doen. Maar dat lukte niet.

'Kom!' zei de bibliothecaresse. Ze stak een hand uit naar het meisje. Een magere hand met lange nagels. Bijna klauwen. 'Je moet naar huis.'

'Nee!' zei Filou schor. Ze deed nog een stap achteruit. De modder zoog en sopte en water liep in haar laarzen, die al lek waren sinds afgelopen zomer.

'Kom toch! Dit kan zo niet, Filou. Je moet…'

'NEE!' Filou schreeuwde ineens. 'NEE, NEE, NEE! Ik moet NIET!'

Ze trilde over haar hele lijf. Haar handen waren gebald tot vuisten. 'Wat bent u van plan? Wat gaat u doen? Ik weet het! Ik weet dat u Brenaris bent. Ik weet alles. Van de Steen! Van Shohana. U wilt de Steen stelen, hè?' Ze hapte naar adem. 'Nou, ik laat het niet gebeuren. Ik weet alles!'

Mevrouw Bruinsma bevroor. Haar ogen lichtten op, alsof er een vuurtje in brandde. Haar lippen bewogen. Maar Filou hoorde helemaal niets en… Plotseling wist ze zeker dat mevrouw Bruinsma haar kracht nu tegen háár zou gebruiken. Ze was een heks, toch? Een tovenares! Wat dacht ze nu helemaal? 'Nee.'

Nu fluisterde ze.

Haar hand gleed in haar zak. Haar vingers sloten zich om de Steen die een traan was. Hij voelde nu niet meer zacht, maar hard. En heet.

Ze rukte hem tevoorschijn en hield hem voor zich. Hij ving het licht van de maan en leek nu blauwer dan blauw. En ook de tekens die erin gekrast waren, leken anders. Gloeiende lijnen van zilver.

Mevrouw Bruinsma's mond zakte open. Een paar tellen lang leek ze niet te weten wat ze moest doen. Toen kwam er een begerige blik in haar ogen.

'Hoe kom je daaraan?'

'U krijgt hem niet,' zei Filou.

'Je bent op de zolder geweest.' Haar lange vingers strekten zich opnieuw uit in Filous richting. 'Je bent tóch op de zolder geweest. Onverstandig, dom kind!' Haar stem schoot uit: 'Gééf me de Steen.'

'U bent gemeen,' zei Filou. 'U hebt haar opgesloten.'

De tovenares fronste en aarzelde een moment. 'Dat is waar,' gaf ze toe. 'Maar...'

'U krijgt hem niet.'

'Filou!' siste mevrouw Bruinsma. 'Geef me de Steen!'

'Nee!'

'Dan moet je het zelf weten,' gromde ze.

Op dat moment gebeurde er van alles tegelijk. Mevrouw Bruinsma tilde haar hand op, met één vinger uitgestrekt. Het leek alsof ze letters tekende in de lucht en terwijl ze schreef, mompelde ze woorden. Vreemde woorden in een vreemde taal. Een koude wind stak op en rukte aan Filous haren en aan de fladderende zoom van haar nachtpon. Aan de oever van het water klokten de koeten. Sommige fladderden naar het water, andere vluchtten weg op sprieterige pootjes.

Alleen Filou bewoog zich niet. Iets binnen in haar schreeuwde: maak dat je wegkomt! Maar tegelijk wilde ze blijven en de Steen aan mevrouw Bruinsma geven. Hij hoort toch bij haar? Hij wil bij haar *zijn*. En de tovenares keek met die vreemde, dwingende ogen. *Geef hem toch.*

Maar ze liet niet los.

Haar hand strekte zich. Ze zag haar eigen witte vingers, maar het leek alsof ze niet van haar waren. Iemand anders hield de Steen vast. Iemand anders opende haar vingers om…

Mevrouw Bruinsma glimlachte. 'Geef maar,' zei ze.

Dat had ze beter niet kunnen doen. Haar woorden verbraken de roes. Plotseling wist Filou weer waar ze was en wat ze deed. 'Nee!' gilde ze en draaide zich om. Wég van die ogen. Wég van die glimlach.

Ze ploeterde door de modder, spatte door kuilen vol regenwater. De wind begon nog harder te waaien en het water van de rivier begon te kolken.

'Ze krijgt hem niet,' hijgde ze, maar dat was meer tegen zichzelf dan tegen iemand anders.

Achter zich hoorde ze mevrouw Bruinsma hijgen. Ze kreunde verbeten. De bibliothecaresse was al best oud natuurlijk. Tovenares of niet, haar lijf was een stuk minder geschikt om te rennen. En toch, haar voetstappen klonken steeds dichterbij…

Filou stond stil. Zomaar ineens. En ze hield de Steen omhoog.

Maanlicht raakte het glanzende oppervlak. De zilveren
lijntjes begonnen te gloeien. De wind verdween en het
water werd glad.

En plotseling wikkelde het licht zich om de Steen als een
mantel. Het water was niet langer zwart en koud, maar
helder en zilverig. Donkere schaduwen schemerden in de
diepte. Wenkten.

'Niet doen,' zei mevrouw Bruinsma. Ze stond maar een
paar stappen bij Filou vandaan, maar kwam niet dichterbij.
'Je zult verdwalen.'

Filou wendde zich af. Ze kneep haar lippen op elkaar en
sprong.

4. Het land achter het water

Filou was drijfnat. Haren sliertten langs haar wangen en in haar nek. Dikke druppels liepen over haar voorhoofd en haar jas voelde zwaar. Haar laarzen waren achtergebleven in het zwarte water.

'Oh shit!' zei ze.

Onder haar handen voelde ze gras. Niet het stugge, stijve wintergras dat naast de rivier groeide, maar de zachte sprietjes van een lentedag. Alleen was het geen lente en was het geen dag. En toch hing de zon witgeel in een strakblauwe lucht.

Hoestend krabbelde ze overeind. Om haar heen staken donkere, gladde stammen de lucht in. De bast van de bomen glom donkerblauw en de bladeren leken dunne, kriebelige vingers. De bomen stonden in een wijde cirkel rond iets dat op een meertje of een bron leek. Een spoor van modder en gebroken riet liep van de rand naar Filou. Het water was zwart en vast heel diep. Het zonlicht drong niet door tot de bodem.

Ze haalde diep adem en snoof de lucht in. Waar wás ze?

De Sleutelsteen klemde ze nog altijd in haar hand. Koud nu, als een gewone steen. Het zilveren licht was weg. Maar Filou wist dat de Stéén dit had gedaan. Er moest een poort geopend zijn toen ze hem omhooghield. Zoals eens Shohana... Ze rilde plotseling.

48

Het land achter het water.

Het water van de bron was glad als een spiegel. Ergens begon een vogel te zingen.

'En hoe kom ik nou terug?'

Ze ging staan en hield de Sleutelsteen in de lucht. Er gebeurde niets. Geen warmte, geen prikkeling, geen poort. Ze zwaaide ermee en riep: 'Sesam open u!' Maar er verscheen geen weg naar huis.

'Oh shit,' zei Filou nog eens.

Ze slikte zenuwachtig toen ze de Steen weer in haar zak liet glijden. Dit was erger dan opgesloten zitten in een oude kerk. Wie kon haar hier vinden?

Plotseling prikten er tranen in haar ogen. Filou wreef ze weg met haar vuist. Huilen is stom. Huilen maakt het erger. Maar haar gezicht bleef gloeien, zelfs toen ze zich naar het water boog en het over haar gezicht spatte.

Toen voelde ze het.

Het was geen écht gevoel, zoals van vingers of kriebelende haren, maar het gevoel dat je krijgt wanneer iemand naar je kijkt. Een soort weten.

Filou boog zich dieper, tot haar neus het water raakte. Haar hart hamerde. Was ze dan niet alleen door de poort gekomen? Was Brenaris haar gevolgd, zoals ze ooit Shohana achterna was gegaan? Of...

Langzaam schoof ze achteruit en keek omhoog.

Het was niet Brenaris. Aan de overkant van de bron hurkte een meisje. Zelfs van deze afstand zag Filou dat ze een lichte huid had, bijna wit. Haar lange blonde haren waren niet gevlochten, maar op een wonderlijke manier gedraaid. Een scheve pony viel over donkere ogen met brede wenkbrauwen. Haar jurk was saai grijs, maar wanneer ze bewoog, viel het zonlicht op gouden draden in de stof. Naast haar stond iets dat leek op een kan of een ketel. Het glansde als pas gepoetst zilver, maar had een gelige tint.

'*Mesen,*' zei het meisje zacht. '*Etan es ti her. Azu ruofan?*'
Filou beet op haar lip. Ze begreep er geen woord van.

Een tijdlang hielden ze zich doodstil: Filou en het meisje aan de andere kant van het water. Toen hief het meisje haar hoofd op, alsof ze iets hoorde. Een bezorgd trekje gleed over haar gezicht. Ze stond op en begon met snelle, lichte passen om het meertje heen te lopen.

'*Wa don er?*' riep ze naar Filou. Haar stem klonk dringend.
Filou schudde niet-begrijpend haar hoofd.
'*Te mugan ni etan er.*'
Filou stapte achteruit. Bijna struikelde ze over een boomwortel en ze viel tegen een stam. 'Ik… ik vvversta je niet,' stotterde ze.
Het meisje schudde haar hoofd. Ze stond nu vlak voor Filou en greep haar arm met fijne, maar verrassend sterke vingers.
'*Forbiada!*' zei ze. '*Born es forbiada.*'
Toen Filou geen antwoord gaf, schudde ze haar hoofd en zwaaide ze met haar vinger voor Filous gezicht. Toen wees ze in de richting van het water. '*Forbiada!*' riep ze nog eens.
Filous hersenen werkten op topsnelheid. Mócht ze hier niet zijn?

'Ik begrijp je niet,' haperde ze. 'Ik kom hier niet vandaan.'
Even leek het meisje uit het veld geslagen. Toen slaakte
ze een zucht, greep Filous hand en trok haar tussen de bomen. Ondertussen praatte ze aan één stuk door. De woorden plakten aan elkaar tot een stroom die bijna klonk als
een liedje. En toen Filou het opgaf en er geen aandacht
meer aan besteedde, was het bíjna alsof ze het verstond.
Niet dat dat wat hielp.
Het meisje trok Filou omlaag in de beschutting van een
paar struiken. Ze keek haar scherp aan en Filou zag lichtjes
schitteren in haar ogen.
'Wie ben jij?' vroeg Filou uiteindelijk.
Stilte.
'Ik ben Filou.'
Nog altijd zei het meisje niets. Ze keek gespannen over
haar schouder naar de bron.
'Filou,' zei Filou nog eens en wees op zichzelf. Toen wees
ze naar de ander. 'Jij?'
Het meisje glimlachte een flits van witte tanden.
'Fi-Loe,' herhaalde ze. Het klonk alsof ze het een heel
moeilijk woord vond, en dat viel best mee. Toen prikte
het meisje met een vinger in haar eigen borst. *'Evianne.'*
'Evianne,' zei Filou. 'Wat mooi.' De naam van een prin-
ses, een koningin misschien, of zelfs een ster, dacht ze jaloers. Beter dan Filomena.
'En nu?' vroeg ze. 'Wat doen we hier?'
Evianne haalde diep adem. *'Ri ferja,'* zei ze met een gebaar om zich heen. *'Ferja!'* Ze trok een dreigend gezicht,
maakte klauwen van haar handen en gromde een beetje.

Gevaarlijk, begreep Filou. Maar waarom?

'*Forbiada,*' zei Evianne nog een keer.

Filou schudde haar hoofd. 'Help me dan,' zei ze. 'Ik wil naar huis.'

Het meisje mompelde opnieuw een reeks woorden. Het klonk bozig en een beetje zenuwachtig, alsof Evianne ook niet wist wat ze moest.

Toen stokte de stroom en Evianne dook in elkaar. Heel even keek Filou niet-begrijpend om zich heen. Maar vervolgens hoorde ze het ook: paardenhoeven! Ze roffelden over de zachte bodem. De bladeren van de struiken trilden.

'Wat...'

'Sssht!' siste Evianne. Ze klonk zo fel dat Filou meteen haar mond hield. Voorzichtig gluurde ze over de schouder van het andere meisje.

Grote, pikzwarte paarden denderden tussen de bomen door. Op hun ruggen zaten ruiters. Ze droegen blinkende helmen en fladderende witte mantels, met daarop de afbeelding van één enkele boom. Ze zag zwaarden op hun heup en glanzende sporen aan sneeuwwitte laarzen, die reikten tot over hun knie. Glijdend kwamen de dieren tot stilstand op enige afstand van het water. Kluiten aarde vlogen door de lucht.

Filou voelde zich misselijk. Ze wilde opstaan, vluchten! Maar Evianne stak een hand naar achteren en duwde haar weer omlaag.

'*Bliba!*' siste ze.

Toen haalde ze diep adem, maakte haar rug recht en stapte tussen de struiken vandaan.

Ze bewoog licht en zo gemakkelijk, dat het bijna leek of ze danste. Stap voor stap naderde ze de paarden die snoven en kauwden op hun bit. Een van de ruiters kreeg haar in het oog, zei iets tegen zijn buurman, en toen was alle aandacht gericht op Evianne.

Filou beet op haar lip. Wat was ze van plan? Wilde ze zich overgeven? Of...

Evianne leek zo klein, zo... níéts.

'*Aye!*'

Ze stak haar hand op en bleef staan. Haar benen een beetje wijd. Haar rug recht. Haar kin iets in de lucht. Brutaal bijna.

Een van de ruiters, de aanvoerder waarschijnlijk, want onder de boom op zijn schild stonden vijf sterren, dreef zijn rijdier naar voren. Vlak voor Evianne stopte hij. Donkere haren golfden onder zijn helm vandaan en zijn mond was hard. Hij bewoog zijn vuist en even was Filou bang dat hij Evianne wilde slaan. Maar in plaats daarvan legde hij zijn vuist op zijn borst, opende hem en boog in de richting van het meisje. Filous ogen werden groot. Wie wás Evianne?

'*Trawetra.*'

Evianne knikte. Haar stem klonk streng en koel toen ze begon te praten. Ze wees naar het water en maakte een snelle, gebiedende beweging met haar hand. Toen gebaarde ze over zijn hoofd naar achteren, alsof ze de ruiters terug wilde sturen.

De aanvoerder boog eerbiedig zijn hoofd, maar was niet van plan om op te geven. Terwijl hij luisterde, gleed zijn rusteloze blik naar de bron. Zijn ogen volgden het modderspoor van het water naar de struiken en hij schudde bijna onmerkbaar het hoofd.

Filou kreunde vanbinnen. Scherpe takken prikten in haar blote benen en haar spieren werden stijf. Ze lag in elkaar gedoken, maar die houding werd steeds moeilijker vol te houden. Pijn schoot door haar kuiten en knieën.

De man keek langs Evianne naar de struik waarin Filou zich had verborgen. Hij snoof de lucht diep in en Filou wenste dat ze de vorige dag had gedoucht.

Hij rúíkt me!

Weer zei hij iets. Het klonk ruw, alsof hij niet zeker wist wat hij moest doen. Hij hief zijn hand op en andere ruiters kwamen dichterbij. Filou hoorde de paarden snuiven. Zwarte benen schemerden door het struikgewas.

'Nay!' klonk Eviannes stem weer. Haar ogen schoten vuur en ze kruiste haar handen over haar borst. De ruiters mompelden onrustig. Eén paard stapte achteruit. *'Forbiada!'* zei Evianne. Haar stem trilde.

De bron was waar het om draaide, besefte Filou plotseling. Evianne verbood de soldaten om bij het water te komen, en zij leken niet zomaar ongehoorzaam te willen zijn. Toch waren zij veel sterker dan een klein meisje in een grijze jurk. Was Evianne misschien de enige die bij de bron mócht komen? Dan had Filou inderdaad wat verkeerd gedaan.

Haar kleren plakten ongemakkelijk. Haar spieren zeurden. Iets kriebelde in haar neus. Voorzichtig bracht Filou haar vinger naar haar gezicht en wreef. De kriebel werd erger. Weer wreef Filou en…

Een takje kraakte.

De aanvoerder van de ruiters zweeg abrupt. Zijn scherpe blik flitste naar de struik en Evianne viel midden in een zin stil. Filou kneep haar ogen stijf dicht, maar de tinteling in haar neus werd alleen maar sterker. Nee, smeekte Filou in stilte. *Nee!*

Toen nieste ze. Hard.

De volgende seconde waren vijf ruiters in beweging en stonden paarden stampend rond de kleine struik waarin Filou zich had verborgen. De aanvoerder sprong omlaag en boog de takken uiteen. Een hand greep Filou bij haar arm en sleurde haar tevoorschijn.

'*Ta! Besutia born!*' zei de aanvoerder. Hij klonk zo minachtend dat Filou in elkaar kromp van schaamte.

'Ik heb niks gedaan,' zei ze.

De man leek haar niet te horen. Met zijn hand als een bankschroef om Filous arm keerde hij zich naar Evianne. '*Trawetra,*' knikte hij kort.

Weer boog hij, maar deze keer legde hij zijn hand niet op zijn borst. Filou wist niet of dat was vanwege haar, of omdat hij kwaad was.

Evianne was knalrood geworden, alsof ze zich schaamde. Spijtig schudde ze haar hoofd naar Filou. Maar ze zei niets. Ook niet toen de grote man Filou op zijn paard slingerde alsof ze niets woog. Het harde leer van het zadel klapte in haar maag en Filou piepte van schrik en pijn. Toen sprong ook hij in het zadel en omklemde haar zo vast dat ze nauwelijks nog adem kon halen. Ontsnappen kon ze helemaal wel vergeten. De ruiter gaf zijn rijdier de sporen en de paarden denderden weg. Evianne bleef eenzaam achter tussen de bomen.

De geur van paard en leer en zweet was overal. De bodem rolde onder haar voorbij in onregelmatige schokken. De arm van de ruiter lag stijf om haar borst. Filou snakte naar adem.

Wat nu?

Als dit een verhaal uit een boek was geweest, was het geen probleem. Dan zou ze keihard tegen de schenen van de soldaat schoppen. Hij zou haar laten vallen en dan was ze vrij. Of ze zou net doen of ze gewond was, en als de ruiter dan stopte, glipte ze snel van het paard. In verhalen werkte dat soort oplossingen prima.

Maar dit was geen verhaal.

Waarschijnlijk voelde de soldaat het niet eens als ze hem schopte, en áls hij het al voelde, werd hij vast alleen maar kwaad. Bovendien: de grond was een eind omlaag en paardenhoeven waren hard.

Ze verlieten het bos rond de bron. De paarden galoppeerden nu heuvelopwaarts over een soort weide. Filou voelde het hete zweet tegen haar huid. Bomen waren hier niet meer en ook de vochtige geur van het meertje was verdwenen. Hier was de lucht droog en het gras geel. Het knokte tegen een droogte die je kon voelen en ruiken. Ook Filou begon te zweten. Hoe lang was het geleden dat ze in haar bed lag? Hoe lang lag ze al over de harde rug van dit paard?

Toen bereikten ze de top en de paarden gingen langzamer.

De greep van de ruiter werd losser. Filou duwde zich omhoog op de schoft van het paard en keek omlaag.

'Oh!'

Ze kon het niet helpen. Hoe ongemakkelijk ze ook hing, hoe bang ze ook was, wat ze nu zag, was…

Ongelooflijk.

Het dal voor haar was ruimer en dieper en oneindig veel mooier dan het vorige. De hellingen van de heuvel glooiden vriendelijk. Onder de zwarte hoeven van de paarden groeiden langwerpige roze klokjes met gouden vlekken in de kelk en gele rozetten met felgroene kroonbladeren. De wind leek zacht, de zon vriendelijk. Het leek alsof ze op de drempel stond van een droom. Maar het was de boom in het midden van het dal die Filous mond liet openzakken van verbazing.

Het was een witte boom met een gladde stam, glanzend als zilver en met machtige takken die zich uitstrekten naar de blauwe lucht. De boom was groot. Nee, verbeterde Filou zichzelf, de boom was gigantisch. Hij was…

Ze had er geen woorden voor.

Filou had wel vaker grote bomen gezien. Op vakantie had ze de oudste eik van Engeland gezien. Die was zo breed dat mama en zijzelf er samen hun armen niet omheen konden krijgen. En op school had ze foto's gezien van mammoetbomen in Amerika. Er liepen wegen dwárs door de stam.

Maar deze was groter.

Hij was hoger dan een flatgebouw, indrukwekkender dan een kasteel op een bergtop. Hij was machtig, sterk en tegelijk op een vreemde manier vriendelijk. Het was een boom zoals Filou er nog nooit een had gezien en waarschijnlijk ook nooit wéér zou zien.

Tegen de zilverwitte stam was een paleis gebouwd. Witte muren leunden tegen levend wit hout en Filou kon niet zeggen waar het paleis stopte en de boom begon. Ze waren één, naadloos met elkaar verbonden. Takken omhelsden ranke torens. Wimpels wapperden tussen zilvergroene bladeren.

Filou moest haar ogen dichtknijpen door de felle schittering van het zonlicht. Er was het ruisende geluid van water en het geklater van fonteinen. Toch wist ze dat het paleis veel te ver weg lag om zoiets te kunnen horen. Vogels zongen in de takken en voerden duikvluchten uit rond de torens.

'Oh…' mompelde ze nog een keer.

De man die haar vasthield, grinnikte zacht. Filou keek omhoog. Hij keek vriendelijker nu. Hoe kon je ook streng zijn op zo'n plek?

Het volgende moment slaakte hij een kreet en greep haar opnieuw vast. De paarden kwamen weer in beweging en galoppeerden omlaag. De bodem veerde onder hun hoeven.

Het paleis werd alleen maar mooier. Zwaanwit stak het af tegen het groen van de bladeren. Zo mooi, dat het onmogelijk leek dat hier iets slechts of lelijks thuis zou horen. En dus wist Filou zeker, toen de paarden met klepperende hoeven onder de hoge toegangspoort door reden en ze zag dat een maan was uitgehouwen in de steen boven de poort, dat alles goed zou komen. Het was een vergissing geweest. Daar, op de trappen van dat prachtige paleis, wachtte een prins die haar zou verwelkomen en helpen. Dit was een land van schoonheid, dat kon je zien, ruiken, voelen. Filou was de angstige spanning van Evianne vergeten, zelfs het verdriet in de ogen van Shohana.

En dat was verkeerd. Want ook Brenaris kwam uit dit land achter het water en er was meer hier dan schoonheid alleen.

De paarden drongen langs elkaar het binnenplein op. Filou zag vrouwen in soepele grijze jurken. Ze leken op het meisje bij de bron, op Evianne. Er waren mannen in wapenpakken bij een gebouw dat een stal kon zijn. Jongens met vlechten in hun lange haar veegden de witte stenen. Ze stopten met hun werk en keken toe met koele, wantrouwige blikken.

De ruiters stopten voor een hoge trap die leidde naar zware, met zilver beslagen deuren. De stenen waren afgesleten door vele, vele voeten. Met haar ogen volgde Filou de weg naar de poort en wachtte op wat er zou gebeuren. Maar de deuren bleven dicht. Niemand kwam haar redden.

Een briesje bewoog de takken van de boom. Een dood blad liet los en zweefde geelgoud omlaag. Het bleef stil liggen voor de benen van het paard.

De aanvoerder bleef zitten. Hij staarde naar dat enkele, droge blad. Maar het was alsof het hem bang maakte.

Hij keek om zich heen, schudde driftig zijn hoofd, sprong op de grond en tilde ook Filou omlaag. Meteen daarna trok hij haar mee over het plein.

'Waar brengt u me heen? Ik…'

Ze brak af. Het was zinloos te praten tegen iemand die je niet verstond.

Nu pas ontdekte ze dat naast de trap nog andere deuren waren. Niet zo wit en niet zo mooi. Ze had geen keus dan mee te gaan naar een gang die omlaag leidde tot ónder het paleis, tussen de wortels van de witte boom. De schemer daar maakte dat Filou, die uit de volle zon kwam, even niets zag. Ze rook aarde en stof. Ze kreeg het koud, want haar kleren waren nog altijd niet gedroogd. Ze struikelde en de man die haar vasthield, trok haar overeind.

'Komme.'

Zwijgend liepen ze door de halfdonkere gangen en toen hielden ze stil voor een deur met ijzeren sloten. Vanuit het niets verscheen een man in een ruwwollen tuniek. Zijn armen waren bloot, zijn haren kort en sprieterig. In zijn hand hield hij een bos met sleutels die groter waren dan Filous vuist. Hij mompelde iets en de ruiter die haar vasthield, antwoordde op afwerende toon. Hij toonde zijn handen, die nog vochtig waren van Filous kleren. De man siste zachtjes tussen zijn tanden, wierp een scherpe blik op Filou en begon toen tussen de vuistgrote sleutels aan zijn bos te zoeken. *'Dér.'*

Sloten knarsten. Filou rook roest en schimmel, toen de celdeur openzwaaide. De cipier gaf haar een duwtje – niet eens hard – en Filou stapte aarzelend naar voren. Krassend schoven de grendels op hun plaats. Een slot klikte.

En toen verdwenen de mannen: de cipier schuifelend, de ruiter stampend.

Filou bleef alleen en het leek elke minuut een beetje donkerder te worden. Ze begon te beven van de kou. Of van angst. Dat kon best.

'Ik wil naar huis,' fluisterde ze voor zich uit.

Maar het zag er niet naar uit dat dat ging gebeuren.

5. Gevangen

Het licht in de gevangenis was grijs. De vloer was zwart. Een raampje was te hoog om door te kijken, maar het tekende een witte vlek op de muur ertegenover. Filou balde haar vuisten en probeerde de paniek weg te duwen. Als je in paniek bent, kun je niet denken. Als je niet kunt denken, kun je jezelf niet helpen. En dat moest. *Niemand anders gaat het doen.*

In een hoek lag een bult stro. Ernaast vond ze een dunne deken en een houten nap. Er zat een drankje in dat ze niet kende. Toen ze een klein slokje nam, smaakte het bitter. Het prikte in haar neus als bier. Wat wás het? Filou weifelde en zette het kommetje weer op de grond. Ze had dorst, maar durfde er niet meer van te drinken. *Later misschien.*

Ze keek om zich heen. De wanden leken van aarde, maar voelden hard als steen. De deur van de cel was een traliehek met vreemde spijlen. Breed aan de onderkant en smal in het midden, als bomen in een bos. Ze wilde ze pakken om te voelen of de deur goed dicht was, maar ze prikten haar handen. Als een brandnetel. *Als Shohana's gevangenis.*

Ze rilde. Het was allemaal zo snel gegaan. Een week geleden was alles nog gewoon geweest. Saai zelfs. En nu? Een druppel gleed uit haar jas en petste op de vloer. *Eerst die natte zooi uit!*

Ze stroopte haar jas van haar armen en liet hem op de grond vallen. De nachtpon eronder plakte tegen haar blote vel. Maar toen ze hem over haar hoofd wilde trekken, stopte ze. Straks stond ze hier in haar blootje, en dan kwam er een bewaker en...

De deken!

Haar nachtpon viel als een natte prop op de grond. Daarna pakte ze de grijze deken en wikkelde hem om zich heen. Hij was oud en stonk behoorlijk, maar ze klemde hem vast met haar kin, draaide haar nachtpon in een rolletje en begon te wringen tot ze er geen druppel meer uit kreeg. Toen ook haar jas iets droger was, likte ze het water van haar vingers en keek de cel rond. Als ze zich uitrekte, kon ze de onderste tralies van het raampje misschien nét aanraken. Ze ging op haar tenen staan en duwde de mouwen van haar nachtpon ertussendoor. Toen hij te drogen hing, deed ze een stap achteruit en knikte. 'Zo,' zei ze tevreden.

'Nay!'

Filou draaide zich met een ruk om. 'Wat?'

'Nay, nay! Forbiada!'

Er stond een meisje voor haar cel. Filou had haar niet horen aankomen. Maar nu stond ze er, met een grijs gewaad – net als Evianne. Haar haren waren opgestoken in een knotje en ze droeg een leeg zilveren dienblad. Maar haar handen trilden en het blad schudde. Toen Filou een stap naar haar toe zette, viel het kletterend op de grond.

Ze stapte achteruit en schudde nog eens met haar hoofd.

'Nay!' riep ze nog eens.

En toen was ze weg.

Filou bleef achter met een bonzend hart en knikkende knieën. Wat had ze nú weer gedaan?

Tijd ging voorbij.

Het werd zo donker dat je de tralies van de deur bijna niet meer kon zien. Ze hoorde geritsel in een hoekje en trippelende pootjes. Een diertje met een spitse snuit en een kale staart schoot voor haar voeten langs. Het bleef zitten, wreef zijn pootjes over zijn neus, dronk uit een plasje water en schoot weer naar buiten. Filou vond het jammer. Beter een rat, dacht ze, dan alleen.

Ze telde de slagen van haar hart. Maar ze raakte de tel kwijt en moest steeds opnieuw beginnen. *Koud...*

Zou mama zich al zorgen maken? Zou het al dag zijn, thuis?

Zou Karin begrijpen wat er gebeurd was? Zou ze vertellen over mevrouw Bruinsma? Zou...

En toen ging ergens een deur open. Voetstappen galmden op de harde stenen, maar het geluid sloeg dood tegen de aarden muren. Geelflakkerend licht kwam dichterbij. Filou krabbelde overeind.

Twee wachters. Twee mannen met dezelfde glimmende helmen en witte mantels als de ruiters die haar hadden meegenomen. Ook zij droegen zwaarden op hun heup en de afbeelding van een boom op hun borst.

Tussen hen liep een vrouw. Ze droeg een eenvoudige groene jurk, laag uitgesneden bij de hals. Maar waar in Eviannes jurk goud was meegeweven, zag Filou bij haar de schittering van zilver in het groen. De mantel om haar schouders was afgezet met wit bont. De wijde kap had ze over haar hoofd getrokken. Filou kon haar ogen niet zien, maar wel haar handen toen ze haar vingers om de tralies legde. Dun en blauw liepen de adertjes onder de huid. Ze was niet jong meer.

Filou voelde hoe de vrouw naar haar keek en dook dieper weg in haar hoekje. Het liefst had ze de deken over haar hoofd getrokken en gedaan alsof ze niet bestond.

'*Offan,*' zei de vrouw. Haar stem had de klank van een orgel.

Haar rokken ruisten toen ze binnenkwam. Ze veegden over de stenen en Filou schaamde zich, want die prachtige jurk werd vies van háár cel. Maar de vrouw gaf er niet om. Ze bleef staan en keek Filou strak aan. Toen gleden haar ogen door de ruimte, over de wanden, langs de vloer, langs het stro waarop Filou had gezeten. Ze zag de natte plek waar Filou haar kleren had uitgewrongen. Ze ademde scherp in en sloeg heel even een hand voor haar mond.

'*Mesen!*' Haar stem klonk hard nu. Geschokt.

Ze stapte op Filou af. Haar lange vingers duwden haar kin omhoog. De kap van de mantel viel naar achteren en onthulde een bleek gezicht, met streperig blonde haren. Filou keek in diepgrijze ogen met vlekjes van bruin en groen. Maar haar blik was boos en verwijtend.

Filous knieën knikten. Tranen prikten achter haar ogen. 'Mevrouw,' fluisterde ze ten slotte. 'Mevrouw... help me. Alstublieft.'

Toen viel ze op de grond.

Even bleef het helemaal stil. Vervolgens klonk de stem van de vrouw opnieuw, bevelend en vastberaden. Sterke handen tilden Filou op en schikten de deken weer om haar heen. Iemand knielde naast haar en ze voelde een hand tegen haar voorhoofd. Een duim duwde tegen haar slapen. Een flits van wit en groen bewoog in haar ooghoeken en ze rook de frisse geur van bloemen.

En toen begon er iemand te zingen.

Het was een lied zonder woorden; donkere, kelige klanken die om haar heen cirkelden en zweefden als de draden van een betovering. Ze luisterde, liet zich erop wegdrijven; bijna kon ze vergeten waar ze was. Filou sloot haar ogen. De vreemde klanken werden woorden en ze zag beelden van groene velden, blauwe luchten en bloemen die bloeiden langs heldere beekjes.

Terwijl het lied door haar oren sijpelde en over haar huid en prikkelde op haar handen, werd het langzaam vertrouwd. Het was als een slaapliedje dat je elke avond weer hoort. En plotseling kon Filou de woorden verstaan: 'Ik geef je de taal van Udana. Dit land van Boom en Water en Maan. Ik geef je het lied van het land.'

De vrouw herhaalde de woorden steeds zachter. Ten slotte zweeg ze en keek Filou aan met een vage glimlach in haar grijze ogen. *'Mesen,'* zei ze nog eens, en deze keer wist Filou dat dat 'meisje' betekende. 'Ik ben Tamisha, de Vrouwe van Udana.' En toen: 'Wie bén jij?'

De boosheid leek verdwenen. Nu klonk de Vrouwe vooral

verbaasd. Maar nog altijd streng. En nog altijd machtig.
Filou werkte zich onhandig omhoog. 'Fff... Filou,' stotterde ze. 'Vrouwe...'
Maar Tamisha hief haar hand op en Filou zweeg. 'Filou,' zei Tamisha rustig. Ze legde haar handen tegen elkaar. 'Ik ga je iets vragen en het is belangrijk dat je eerlijk antwoord geeft...'
Filous schouders zakten. De angst kroop langzaam terug.
'Ik ben de Vrouwe van dit land,' zei Tamisha. 'Het is mijn taak, die van mij alleen, om de Enige Boom te verzorgen, die met zijn wortels dit land bijeenhoudt en de magie van Udana bewaart. Ik laat hem drinken van het water dat de Waterdraagsters putten uit de Zwarte Bron. Maar toen ik vanochtend bij de Boom was, vertelde hij mij dat de Bron was aangeraakt door een vreemde. En toen ik mijn ruiters uitstuurde om te zien wie dat had gedaan, vonden ze jou. Filou... heb jij de Bron bezoedeld? Heb jij het magische water aangeraakt?'
Wat kon ze zeggen? De wanden van de cel leken donkerder dan ooit. Filou wilde wég. Maar wat zou er gebeuren als ze het vertelde? *Udana is mooi. Maar streng...*
Ze deed haar mond open. Ze wilde zeggen: 'Nee, ik was het niet.' Niemand had haar ín het water gezien, toch? En Evianne zou haar toch niet verraden?
Maar voor ze iets had gezegd, hoorde ze een stem in haar hoofd. Een stem die geen stem was, maar een zíjn. Zoals Shohana op de zolder van de oude kerk, een eeuwigheid geleden, in een andere wereld. De vrouw zou het weten wanneer ze loog.

'Ja,' fluisterde ze verslagen. 'Maar ik kon er niets aan doen! Ik ben niet van hier. Ik was daar per ongeluk,' eindigde ze.

Ze keek op, recht in die grijze ogen van Tamisha. En wat ze zag, was een blik van begrip en bezorgdheid en ook... van verdriet?

De Vrouwe schudde haar hoofd. Haar vingers grepen de rok van haar jurk en kreukten de stof. Toen zuchtte ze diep en keek Filou lang aan. 'Je hebt het water verspild, Filou,' zei Tamisha. 'Het water van de Brón. Het ligt hier, vruchteloos, en zakt weg in het vuil!'

Filou slikte. Haar ogen schoten naar de natte plek onder het raam. Ze herinnerde zich de schrik van het meisje en het dienblad dat rinkelend was gevallen. Was ze daarom gekomen? Om natte kleren, vol héílig water, op te halen?

'Oh nee,' fluisterde ze.

Tamisha stond weer op. 'Meisje... Filou... Ik had het graag anders gewild. Maar wie de Bron bezoedelt, moet gestraft worden. Dat is onze wet.'

Filous lippen voelden droog. 'Ik kende die wet niet,' fluisterde ze. 'Het was een ongeluk.'

Tamisha schudde haar hoofd. Een paar haren raakten los uit haar vlecht en vielen langs haar gezicht. 'Ik heb het recht je ter dood te veroordelen,' zei ze zacht. 'Ik ben de Vrouwe. Ik zou de Boom jouw bloed te drinken kunnen geven en het zou goed zijn. Want de tijden zijn hard, het water wordt schaars, en de Boom smeekt om drinken. Maar ik denk niet dat hij dat wil. Je bent een kind. Ik ziet dat. Maar tegelijk, hoe kan ik de wet negeren nu de tijden zo moeilijk zijn?'

Filou kreunde. 'Vrouwe!' fluisterde ze. 'Ik smeek u! Ik wíst het toch niet? Het spijt me. Ik zal het nooit meer doen!'

Maar Tamisha wendde zich af met een heftige beweging. Het leek alsof ze boos was, al wist Filou niet of ze boos was op háár of op zichzelf. 'Ik zal me beraden!' zei ze hard. 'Ik zal de Boom om hulp vragen.'

Was dat goed? Of juist niet?

'Vrouwe?' vroeg Filou angstig.

Maar de celdeur viel dicht. Voetstappen verwijderden zich. En Filou bleef weer alleen.

Vroeger, toen Karin nog in Watervoorde woonde, was Karin de drakenprinses en Filou haar vertrouwde elfen-dienares, en de jongens van het dorp waren de Vijand. Eén keer hadden ze hen opgesloten in het opruimhok van school. Karin was ontsnapt door het klapraampje en zo waren ze vrijgekomen. Het was eng geweest, maar ook spannend.

Maar hoe ontsnap je uit een echte cel?

Filou sloeg haar armen om haar benen. Karin zou het ge-weten hebben. Zij was zoveel slimmer, zoveel stoerder dan Filou. *Wat zou zíj doen?*

Ze gluurde omhoog naar de tralies hoog in de muur. Plot-seling stond ze op, liep naar het midden van de ruimte, nam een aanloopje en sprong naar het tralieraampje. Haar vingers sloten zich om een tralie...

Maar haar greep was niet vast genoeg. Ze moest loslaten en viel met een plof op de grond. De klap dreunde door haar enkel.

Weer een aanloop.

Nu had ze de tralie wél goed vast. Een ogenblik hing ze, een handbreedte boven de grond en...

'Psst!'

Ze schrok zo erg dat ze losliet en viel.

'Ik ben het!'

Filou draaide zich om. In de gang, bij het hek, stond de Waterdraagster die ze bij de Bron had ontmoet. Evianne! Pretlichtjes blonken in haar ogen. 'Je kunt daar niet door, hoor. Daar zou je een watergeest voor moeten zijn.' Ze zweeg even en fronste. 'Dat ben je toch niet, hè? Een watergeest, bedoel ik.'

Filou staarde haar verbaasd aan. 'Nee,' mompelde ze onzeker. 'Ik ben een schoolmeisje. Ik...'

Evianne schudde haar hoofd en hief haar hand op. 'Nee! Laat maar... Ik begrijp er toch niets van. Jij bent van elders, hè? Van achter het water?'

Filou haalde haar schouders op. 'Dat denk ik... Ik bedoel...'

'Wauw...' Evianne zuchtte even. 'Dat had ik nooit gedacht, weet je. Dat er wérkelijk iemand zou komen. En waarom ben je hier? Ze kletsen, weet je. Bóven.'

'Weet ik veel. Het was een ongeluk,' zei Filou. Ze liep naar de deur. Niet té dichtbij, vanwege de prik. Nu ze stilstond, kreeg ze het weer koud. Kippenvel op haar schouders.

Evianne zag het. 'Oh! Hier! Ze hebben me omlaag gestuurd om je dit te brengen!'

Ze had een pakketje van groene stof bij zich. Dat duwde ze nu door de tralies. Het pak ontrolde zich en een warme mantel kwam tevoorschijn. 'De Vrouwe zei dat ik voor je moest zorgen, nu zij zich beraadt met de Boom. Ze heeft het goed met je voor.'

Evianne greep in haar schort en haalde ook een stuk brood tevoorschijn, samen met een fles. 'Voor als je honger hebt. Niemand weet wanneer Hij antwoordt.'

Filou graaide de spullen naar zich toe. De mantel was droog en schoon. Het brood rook zoet en kruidig. Ze zette haar tanden erin. 'Dank je!' mompelde ze met volle mond.

Een poosje had ze alleen maar aandacht voor de warmte van de mantel en de smaak van het brood. De fles bevatte hetzelfde bittere drankje dat ze in de kom had gevonden. 'Drink!' moedigde Evianne haar aan, en nu dronk ze meer.

'Groenboomsap,' zei het meisje ernstig. 'Ken je het niet?' Filou schudde haar hoofd met volle mond. 'Waar ben ik?' vroeg ze toen. 'Wat gebeurt er? Wie ben jij?'

Evianne trok haar wenkbrauwen op. 'Dat zou ik aan jóú moeten vragen,' antwoordde ze. 'Jij komt bij óns binnenvallen!' Maar toen zag ze Filous blik en knikte. 'Je bent in Udana,' legde ze uit. 'Udana is het land van de Enige Boom. En Tamisha is de Vrouwe van de Boom. Kijk, zij verzorgt de Boom en geeft hem elke dag water uit de Bron. Magisch water, want water ís magie. En de Boom laat dit land leven. Elke bloem die bloeit, elk grassprietje dat groeit, alles... Dat komt door de Boom. Maar er is bijna geen water meer. Ze zeggen dat dat vroeger anders was. Dat Udana een land was van bronnen en meren. Ik weet niet of dat waar is, maar nu zijn alleen de Bron en de Boom nog over. Dus zonder de Boom zou Udana niet meer zijn dan een dorre vlakte.' Evianne haalde haar schouders op. 'Daarom zijn de regels nogal streng.'

'Maar ik deed niks,' zei Filou.

'Jij hebt de Bron bezoedeld,' zei Evianne. 'Dat zei ik toch? De Wet van de Boom zegt dat alleen de Vrouwe en de Waterdraagsters de Bron mogen aanraken, omdat wij beloofd hebben voor de Boom te zorgen. Ieder ander...' Ze maakte een gebaar met haar hand langs haar keel. 'Ik probeerde je niet voor niets te verstoppen! Je hebt geluk dat je een kind bent. En het is wel duidelijk dat je niet van hier bent. Anders...'

Ze zweeg veelbetekenend en Filou huiverde. Dat was niet alleen streng, dat was gewoon gemeen. En Tamisha leek zo vriendelijk! 'Dus ik moet blij zijn dat ze me niet dóódmaken of zo?'

'Nou...' Evianne aarzelde. 'De Vrouwe beraadt zich, zei ze toch?'

'Maar ze praatte over bloed en wortels en...'

Evianne schraapte haar keel. 'Weet je,' zei ze voorzichtig, 'de Vrouwe heeft het ook niet makkelijk.'

Ze aarzelde opnieuw. Toen hurkte ze neer en reikte met haar hand tussen de tralies. Filou fronste, maar daarna accepteerde ze het gebaar en legde haar hand in die van de Waterdraagster.

'Je ziet het misschien niet, maar ze is verschrikkelijk oud,' zei Evianne. 'Haar opvolgster is lang geleden verdwenen en er is niemand die haar taak kan overnemen. Nog altijd zorgt Tamisha voor de Boom, want als hij sterft, sterft ook Udana. Maar elke dag wordt ze zwakker. Want wie de Boom verzorgt, geeft hem elke dag een beetje van zijn levenskracht. En als het te veel wordt, als Tamisha sterft...'

Filou herinnerde zich het gele gras op de vlakte en de schrale lucht. Het ene gele blad dat voor de benen van het paard op de grond was gevallen. De schrik van de ruiter.

'Tamisha verzwakt en de Boom ook,' ging Evianne verder. 'Begrijp je nu waarom de regels zo streng zijn? Stel je voor! Als de Bron wordt vervuild, zou de Boom... En dan...'

Filou begreep het inderdaad. Een beetje in elk geval.

'Maar jij?' vroeg ze toen. 'Waarom riep jij de soldaten niet? Waarom help je me?'

Evianne keek even ongemakkelijk naar de grond. Toen schraapte ze haar keel, aarzelde weer even en zei: 'Kijk, het zit zo...'

Maar hóé het zat, zou Filou voorlopig niet te weten komen. Want plotseling klonken er opnieuw voetstappen in de gangen en twee soldaten kwamen hun kant op. 'Je bent ontboden bij de Vrouwe!' zei een van hen tegen Filou. Er lag een mengeling van medelijden en ontzag in zijn blik. 'Ze zal je haar oordeel meedelen in de Witte Zaal.'

Wit.

Marmer is wit. Een zwaan is wit. Maar de Witte Zaal...

Als pas gevallen sneeuw.

Filou stond op de drempel van de zaal en legde haar hoofd in haar nek. Het was alsof ze naar de hemel staarde, zo hoog en licht was het hier. Helemaal bovenin zag ze brede, witte takken als balken over de zoldering lopen. De Boom zelf! Zonlicht in groen en goud viel naar binnen door smalle, hoge ramen. In de vloer was een maansikkel uitgehakt. De lijntjes waren opgevuld met zilver, dat glinsterde als de sterren. En aan het verre einde van de zaal...

Vrouwe Tamisha.

Haar zilveren troon was bewerkt met bloeiende bloemen en klimplanten. Haar haren lagen los nu. Een smalle zilveren band blonk in haar haren. *Sprookjesachtig.*

Ze leek een koningin. Ze wás een koningin. Maar ze leek ouder, veel ouder dan eerder in de cel. Filou dacht aan wat Evianne had gezegd. Dat Tamisha ziek was en misschien snel zou sterven. Dat zou erg zijn, besefte ze. Wat er ook gebeurde, hier, nu, met haarzelf. Als Tamisha stierf, was dat erg.

'Filou!'

Daar was hij weer. Die bronzen stem die trilde in je botten. Filou haalde diep adem en stapte naar voren. Ze was zich er vaag van bewust dat de wachters achterbleven, maar hield haar blik gericht op de Vrouwe. Vlak voor de troon stopte ze en knielde. Niemand zei dat dat moest. Maar Tamisha was een koningin. Je kon niet anders.

Filou hoorde haar zachte, slepende stap. Ze hoorde het ruisen van Tamisha's mantel en het fluiten van vogels, vreemd dichtbij, alsof ze hier in de zaal waren. En ook het geschuifel van voeten, dat ze bij het binnenkomen niet had opgemerkt, en nu durfde ze niet meer te kijken.

En toen stond Tamisha voor haar. 'Ik heb met de Boom gesproken,' zei de Vrouwe. 'Ik wilde Hem om raad vragen in deze moeilijke zaak. Want jij, Filou, hebt een misdaad begaan. De Wet verlangt dat ik je straf, want je hebt niet alleen onze regels overtreden, je hebt ook de Boom in gevaar gebracht. En de Boom draagt ons allen.'

Filou dook in elkaar. 'Het spijt me,' fluisterde ze.

Tamisha ging verder: 'Aan de andere kant is het duidelijk dat je niet besefte wat je deed. Een onbekende magie voerde je mee.'

Hier zweeg Tamisha. Filou waagde het haar hoofd voorzichtig op te tillen en gluurde door haar oogharen de zaal in. Aan weerskanten van het looppad naar de troon stonden Waterdraagsters. Het waren er wel twintig aan elke kant en ze droegen allemaal dezelfde grijs met gouden mantels. Naast Tamisha's zetel stonden twee oudere vrouwen. De ene met een lange hemelsblauwe mantel, de andere met een zilverkleurig gewaad dat op een vreemde manier deed denken aan maanlicht. Mannen waren er helemaal niet. *Alsof iedereen die wat vóórstelt hier, een vrouw is!* Haar blik ging verder. Boven de troon van Tamisha zag ze schilderingen. Er was een afbeelding van de Enige Boom, die zijn takken uitstrekte naar een blauwe hemel. Aan de onderkant zag ze armdikke wortels, die diep in de bodem reikten. De wortels glansden als zilver. En... zaten er ménsen tussen?

Er was meer. Een vrouw met een zilveren band, net zo een als Tamisha, bevocht een draak met een vlammend zwaard. Ergens anders zag ze nog zo'n vrouw, maar met een ander gezicht. Zij stond in een kring van Waterdraagsters bij de Bron. En nog een, waar twee vrouwen met... Schuin achter haar bewoog iets. Vanuit haar ooghoek zag Filou hoe Evianne achter de Waterdraagsters langs glipte. Het meisje wrong zich in de rij en ging recht staan, alsof ze er al die tijd al geweest was. Ze knipoogde.

Voor haar hief Tamisha haar handen op. 'Tot mijn schrik gebeurde er iets ongewoons toen ik bij de Boom was,' zei ze luid. 'De Boom zweeg. Vele uren bracht ik door in het Hart, maar de Boom heeft zich niet laten horen!'

Om haar heen hoorde Filou verschrikte kreetjes. Waterdraagsters sloegen hun hand voor de mond. Anderen klemden hun handen samen.

'Dat betekent níét dat de Boom stervende is!' zei Tamisha nadrukkelijk. 'Ik vermoed dat hij gewoon niets kan zeggen over iemand die van achter het water komt. Daarom moest ik alléén bedenken hoe we Filous daad moeten bestraffen.'

Nu werd de zaal doodstil. Filou durfde nauwelijks meer adem te halen.

'De Dood zou de straf zijn voor ieder van ons eigen volk,' zei Tamisha. 'Maar Filou wist niet wat ze deed. Daarom...'

Ze aarzelde. Zelfs Filou kon zien dat ze het niet makkelijk vond om dit te zeggen.

'Ik stuur haar naar Beneden!'

Een paar tellen bleef het stil. Filou hoorde de vogels, die inderdaad niet buiten, maar bínnen rondvlogen. Ze hoorde het geschuifel van voeten. Een nerveus kuchje. Haar hart bonsde. Wat was dat? Benéden? Was dat erg?

Maar toen stortte een jonge Waterdraagster zich naar voren en liet zich voor de voeten van Tamisha op de grond vallen. 'NEE!' hijgde Evianne. 'Vrouwe Tamisha, dat kúnt u niet doen. Nee!'

De Vrouwe spreidde haar handen, alsof ze wilde zeggen: ik kán niet anders. Maar Evianne draaide zich met een ruk naar Filou. 'Beneden, in het hart van de aarde, lopen de gangen onder de wortels van de Boom. Je verzorgt de wortels van de Boom zelf en zoekt het maanzilver dat ontstaat als het sap van de wortels in de grond loopt. Het is er donker, Filou! Geen daglicht, geen maanlicht. Er zweven geesten door verlaten gangen en de lucht is dik, vol van de aarde. Wie daarheen gaat, komt nooit meer terug!'

Filou voelde zich misselijk worden. Bevend keek ze op naar Tamisha. 'Maar mijn moeder dan? Die wacht op me, thuis.' Ze schudde haar hoofd. 'Nee,' zei ze. 'Ik gá niet.'

Maar Tamisha hief haar hand op. Haar blik was plotseling hard. 'Mijn oordeel is geveld!'

De Waterdraagsters weken uiteen. Filou zag een zilveren hek rond een opening in de vloer tegen de achterste muur. De bovenste treden van een trap waren net zichtbaar. En Filou... Ze voelde hoe haar ene voet zich voor de andere plaatste. Stap. Stap. Stap. Niet omdat zij dat wilde. Maar alsof iemand anders haar bewoog. *Een marionet aan een touwtje.*

Was het een droom?

Eerder een nachtmerrie.

Ze draaide haar hoofd. Zocht Evianne. Ze schreeuwde: 'Ik wíl niet!' Maar haar voeten bleven lopen, dichter naar de trap.

Ze keek omhoog. Naar de schildering van de Vrouwe met de draak. Naar de open plek met bomen, die leek op de Zwarte Bron. Ze zag een vrouw met een gouden band in haar haren. Het water kwam omhoog in wilde golven en de vrouw hield haar hand omhoog, en daarin zag ze een blauwe steen als een traan.

De Sleutelsteen.

En op datzelfde moment hoorde ze Eviannes stem in haar hoofd. *De opvolgster is vele jaren geleden verdwenen.*

'Wacht!'

Ze schreeuwde het uit. En blijkbaar was er iets in haar stem dat ervoor zorgde dat de vrouwen luisterden. Plotseling was de vreemde kracht die haar bewoog, verdwenen. Bevend bleef Filou staan. Toen wees ze naar de schildering. 'Die steen!' hijgde ze.

Tamisha trok haar wenkbrauwen op. 'Wat bedoel je?'

'De Sleutelsteen.' Ze wees nogmaals. 'Dát is de Sleutelsteen en ik heb hem. Hád hem. Zíj had hem me gegeven. Shohana.'

'Wát zeg je!?'

Om haar heen begon het te fluisteren, te mompelen.

Tamisha greep haar rokken en haastte zich de trap af tot vlak voor Filou. 'Jij weet van de Sleutelsteen? Hoe?'

'Shohana vroeg me om hem te zoeken.'

Tamisha was bleek geworden. 'Shohana! Waar?' fluisterde
ze hees.

'In mijn jas.'

Een gebaar van haar hand. Rennende voetstappen. Een
deur ging open en dicht.

'En Shohana?'

'Nou,' Filou aarzelde nog even, 'ze is wel gevangen natuurlijk. En oud. Maar ze leeft nog.'

'Gezegend de Ene Boom!' riep Tamisha uit. 'Dan is alles
nog niet verloren!'

Ze klapte in haar handen. 'Melasha! Maak een plaats voor
onze gast! Sifornin! Darinia! Maak een plek klaar waar we
deze zaak verder kunnen bespreken!'

De vrouw in het zilver draaide zich om en haastte weg.
Uit de rij van Waterdraagsters maakten zich ook twee
meisjes los.

En ondertussen wachtte Tamisha met rechte rug en dwingende ogen. Alleen haar handen wrongen zich om elkaar
en haar lippen bewogen, zonder dat Filou haar iets hoorde
zeggen.

Filou aarzelde. Kuchte.

Toen vroeg ze: 'Vrouwe... hoef ik nu niet meer naar Beneden?'

6. Het Hart van de Boom

Filou opende haar ogen in een koele, lichte kamer. Haar ogen prikten van de slaap. De matras waarop ze lag, was zacht als een mand vol veren. Om haar bed hingen fijne, doorzichtige doeken. Een bed als in een sprookje.

Ze draaide haar hoofd. De muren van de kamer waren wit en kaal. Op de vloer lag alleen een roomkleurig kleed. Door smalle ramen viel zonlicht in brede, gouden banen naar binnen. Een boomtak dook door het ene raam naar binnen en verdween door een gat in de tegenoverliggende muur. De bast glansde als mat zilver.

Een naam bleef in haar hoofd hangen en ze sprak hem uit.

'Udana.'

'Ja, joh. Je bent nog steeds hier. En... hoe voelt het nu, om de Grote Vinder te zijn? Redder van het Land? Iedereen praat over je, wist je dat?'

Evianne! Filou duwde zichzelf omhoog en keek in het gezicht van de Waterdraagster, die op het voeteneinde van haar bed zat. Haar donkere ogen glansden.

'Pfft. Wel goed, geloof ik,' mompelde Filou suf.

Langzaam kwam de herinnering terug. Gisteren... Eerst de kerkers. Wat wás ze bang geweest! Maar toen was alles veranderd. Ze grinnikte toen ze dacht aan de onbekende Waterdraagster die haar jas naar de Witte Zaal had gedragen. Op een zilveren blad! Toen had Filou de blauwe

Steen uit de zak gehaald en iedereen had zich verdrongen om een glimp ervan op te kunnen vangen. En Tamisha? Soms huilen mensen van blijdschap.

Een klop op de deur. Filou schrok en greep de dekens. Maar Evianne lachte zacht. 'Moet je opletten,' zei ze. En toen: 'Binnen!'

De deur ging open en een jongen in een simpele, witte tuniek verscheen. Hij droeg een gevlochten mand, maar het lukte hem toch een buiging te maken voor Filou. 'Grote Redster. Mag ik u iets te eten aanbieden?'

Filous ogen werden groot. Redster! Ze beet op haar lip om niet te lachen. In plaats daarvan knikte ze ernstig. 'Lekker, ik rammel!'

De jongen boog nog een keer, zette het dienblad neer en deed een stapje achteruit. Er was een schaal met rode vruchten. Ze leken op tomaten, maar de schil was harig en ze voelden hard. Filou pakte er een en beet. Rood sap sijpelde langs haar kin en maakte een vlek op de deken. Het smaakte naar kiwi en een beetje sinaasappel. En zoet. Heel zoet.

'Is alles naar wens?' vroeg de jongen voorzichtig.

'Ja, ja,' mompelde Filou met volle mond. Ze reikte naar het mandje naast de vruchten. Er zat brood in, knapperig als rijstwafels en met de smaak van karamel. Ten slotte nam ze een paar slokken groenboomsap uit een prachtig bewerkte beker.

Ze grijnsde naar Evianne. 'Dit is megalekker. Wil jij?'

'Weet je het zeker?' vroeg de Waterdraagster. Maar ze wachtte niet op antwoord. Snel graaide ze een tweede broodje naar zich toe en schoof het naar binnen. 'Die dingen zijn zó heerlijk! Een simpele Waterdraagster krijgt zoiets niet. Daarvoor moet je wel Sterrenvrouwe zijn. Of Tamisha. Of... een Grote Vinder.' Ze knipoogde nog een keer. 'Jij hebt geluk.'

Filou snoof. 'Nou, poeh!' reageerde ze. 'Wat heb ik een geluk. Ik zit vast in een vreemd land, heb in een kerker gezeten, en ik weet niet of ik weer naar huis kan! Ruilen?'

Evianne zweeg en keek naar de grond. 'Sorry,' zei ze. 'Ik dacht niet na.'

Ze wilde nog meer zeggen, maar toen was er een nieuwe klop op de deur. De jongen kwam opnieuw binnen en schraapte zenuwachtig zijn keel. 'Vrouwe Tamisha ontbiedt u. We hebben uw gewaden schoongemaakt.'

Hij stak zijn armen naar voren en nu zag Filou haar nachtpon, netjes gewassen en geurend naar bloemen. 'Mag ik u verzoeken?'

Filous mond viel open. 'Moet ik díé…?' Ze keek snel naar Evianne. 'Dat is mijn náchtpon!' siste ze naar de Waterdraagster.

Evianne keek haar een ogenblik met grote ogen aan. Toen verscheen er een brede lach op haar gezicht. Ze liet zich van het bed glijden en liep naar de jongen toe. 'Vrouwe Filou dankt je voor de moeite,' zei ze plechtig. 'Maar ze zou liever in het gewaad van de Waterdraagsters verschijnen.' Ze liet een korte stilte vallen. 'Uit respect voor de Boom en zijn Vrouwe.'

'Oh.'

De jongen keek onzeker naar Filou en knikte. 'Maar natuurlijk. Als u dat wenst.'
Hij draaide zich om op zijn hakken en verdween. De deur viel met een felle klap achter hem dicht. Toen pas keerde Evianne zich weer naar Filou. 'Je náchtpon!' proestte ze. 'Dat méén je niet!'

De Vrouwe wachtte in een tuin. Boven haar hoofd ruisten de takken van de Ene Boom. Rond haar voeten bloeiden bloemen: rood, geel en blauw. Er waren struiken met witte bloesem die heerlijk rook. Het groen van de bladeren deed bijna pijn aan je ogen. De bast glansde.
Ze was mooi en droevig tegelijk. Streng en toch ook weer... lief. Filou vond het moeilijk om te bepalen of ze haar nu doodeng vond, of juist fantastisch. Daar stond ze en de schaduw van bladeren speelde over haar groene jurk. Het leek net of ze een deel van de Boom was.
'Vrouwe...'
Tamisha draaide zich om en lachte. Ineens waren Filous zenuwen verdwenen. Ze liep haastig naar haar toe. 'U had me geroepen?'
Ze knikte. 'Heb je lekker geslapen?' vroeg ze. 'Voel je je beter nu?'
'Veel beter,' zei Filou snel. 'Die broodjes waren super en het bed en...' Maar ineens brak ze af en beet op haar lip.
'Maar dat is niet waarom u me wilde spreken,' zei ze. 'Er zijn belangrijkere dingen, hè? De Sleutelsteen. Shohana.'
Tamisha glimlachte. 'Ik zou willen dat het anders was,' zei ze. 'Maar ja, je hebt gelijk.'

Ze zweeg even, alsof ze moed moest verzamelen voor haar volgende vraag. 'Filou,' vroeg ze toen, 'wat vind jij van Udana?'

Een strikvraag! Wat moest Filou zeggen? Nú was Tamisha mooi en lief, maar gisteren was het allemaal heel anders geweest. Ze aarzelde. 'Het lijkt hier mooi,' zei ze voorzichtig. 'Maar...'

'Vond je dat ik wreed was?' vroeg Tamisha. Ze klonk verdrietig.

Filou haalde haar schouders op. Wat kon ze zeggen?

Tamisha knikte. Ze hief haar hand in de lucht en floot een trillerige, hoge toon. Een paar seconden gebeurde er niets. Maar toen kwam er een vogel omlaag. Het zonlicht weerkaatste op zijn felblauwe borstveren en zijn oranje kuif stond rechtovereind. Het diertje landde op Tamisha's vinger, hipte naar haar schouder en legde een snavel tegen haar wang.

Ze bleef staan, wel een minuut. Toen tilde ze haar hand weer op. De vogel schudde zijn veren en vloog weg.

'Udana is toverkracht,' zei Tamisha. Het leek alsof ze die woorden al heel vaak had gezegd.

Ze boog zich voorover naar de grond. Ze klopte op de zandige bodem en van onder een struik verscheen een klein, pikzwart konijntje, met toefjes haar op zijn kin en tussen zijn oren. Het diertje hupte naar haar toe en ging op zijn achterpoten zitten. Tamisha aaide zijn rug en oren. Toen maakte ze een beweging met haar vingers en het konijntje verdween.

'Udana is evenwicht,' zei Tamisha. 'Wij leven in vrede

met de dieren, de planten en de vogels. Dat is ons gegeven door de Boom. Maar toen Shohana verdween, werd het evenwicht verbroken. Lieve Filou... ik ben oud. Elke dag doe ik wat ik kan om de Boom in leven te houden, maar mijn kracht verdwijnt. Je hebt het gezien, toen je van de Bron naar hier kwam. De velden verdorren, de Boom verliest zijn blad. Het sluipt dichterbij. En ik ben te oud, uitgerekt voorbij mijn tijd. Alleen de nieuwe Vrouwe kan het evenwicht herstellen.' Ze glimlachte. 'Je hebt ons hoop gegeven, Filou. Omdat je ons de Sleutelsteen gebracht hebt, die de poort naar de werelden achter het water weer kan openen. Omdat we weten dat Shohana níét dood is. En tegelijk...'

Ze zweeg, maar Filou begreep wat ze wilde zeggen.

'Ik hoorde dat sommige mensen mij "Redster" noemden,' zei ze. 'Ze doen allemaal heel eerbiedig en zo, maar Udana ís nog niet gered, hè?'

Tamisha schudde haar hoofd. 'Het is pas echt voorbij als Shohana haar plaats heeft ingenomen. En daarom hebben we jouw hulp nodig, Filou.'

Filou verslikte zich bijna van schrik. 'Wát? Maar ik ben gewoon... Filou! Wat kan ík doen?'

Tamisha lachte zacht. 'Jij kunt meer dan je denkt, meisje. Maar ik vraag alleen maar of jij, als je naar huis gaat, mij meeneemt en me de weg wijst naar Shohana. Wil je dat doen?'

Filou keek haar met grote ogen aan. Dit klonk gemakkelijk. Ze had iets moeilijks verwacht! Ze knikte. 'Natuurlijk!'

Tamisha glimlachte opgelucht en stak een hand uit naar Filou. 'Goed! Dan wil ik je nu vragen om mee te gaan naar het Aanbieden van het Water. Ik wil je voorstellen aan de Boom.'

Het Aanbieden van het Water klonk indrukwekkend. En dat was het ook.

Evianne had er al iets over gezegd. Elke dag ging er een Waterdraagster naar de Zwarte Bron. Daar putte ze water in een van de speciale zilveren kannen. Niet zomaar zilver, nee, het was maanzilver dat werd gedolven tussen de wortels van de Boom. Benéden.

Dat water werd dan naar het Witte Paleis gedragen. Nooit ging een Waterdraagster in een wagen of op een paard. Dat zou niet eerbiedig genoeg zijn. Nee, ze líep door het bos, over de heuvels en verdroogde velden, tot ze uiteindelijk aankwam in de Grote Zaal, waar Tamisha op haar wachtte.

Alle Waterdraagsters hadden zich verzameld. Tenminste, al de Waterdraagsters die geen water aan het dragen waren. Ze stonden in precies zo'n nette rij als de vorige dag, toen Filou voor Tamisha moest verschijnen. Achter hen stonden nu oudere vrouwen. Ze droegen gewaden van wit en blauw, keken verwaand en hielden hun armen streng over elkaar. Leraressen misschien?

Helemaal achteraan was plaats voor de gewone mensen. Daar zag Filou ook mannen, waarschijnlijk bedienden. Bij de ingang stonden wachters in witte mantels en hoge laarzen. Ze stampten op de grond en legden hun hand op hun borst toen Tamisha en Filou binnenkwamen.

Meteen was het stil. Alle gezichten draaiden hun kant op. Plotseling kon Filou alleen nog maar denken aan de zoom van het lange gewaad en of ze er niet over zou struikelen. Dan zou iedereen haar uitlachen en...

Tamisha had de verhoging bereikt waarop haar troon stond. Daar draaide ze zich om en spreidde haar handen. 'Mensen van Udana!'

Tamisha rechtte haar rug en keek de zaal rond. 'Jullie hebben het gehoord,' zei ze. 'Na al die lange jaren is er iemand gekomen die weet waar de Opvolgster, Shohana, zich bevindt. Ze wordt gevangen gehouden in een vreemde wereld. Filous wereld! Gelukkig wil Filou ons helpen om haar te bevrijden. Vannacht nog zullen zij en ik op weg gaan.'

Vannacht! Het was voor het eerst dat Filou dat hoorde. Ze kreeg een vreemd, kramperig gevoel in haar maag. Ze wilde naar huis natuurlijk, maar tegelijk was het doodeng.

Natuurlijk was de Vrouwe een machtige tovenares. En natuurlijk zou zij Brenaris gemakkelijk aankunnen en Shohana bevrijden. Maar toch!

Eng.

'Maar voordat we deze belangrijke opdracht ondernemen, wil ik dat ook de Boom degene kent die de Opvolgster bij ons terug zal brengen. Vandaag zal ik het Hart niet alleen bezoeken. Ik neem Filou met me mee.'

Gedempt gemompel trok door de zaal. De mensen waren verbaasd, misschien zelfs geschokt. Filou keek zenuwachtig om zich heen.

Maar toen dook Evianne vlak naast haar op. 'Het Hart van de Boom,' fluisterde het meisje in haar oor. 'De plek waar het water zijn werk kan doen. Het is een éér, Filou. Zoiets gebeurt bijna nooit!'

Filou hoorde de jaloezie. De Waterdraagster wilde dolgraag mee en van Filou mocht ze. Maar niemand vroeg haar wat ze wilde. In plaats daarvan maakte Tamisha een weids gebaar met haar arm. 'Waterdraagster! Het water!'

Het werd weer stil. Een jonge Waterdraagster stapte naar voren. Ze was jonger dan Filou. De zoom van haar gewaad was vuil en er zaten grijze vegen op haar wangen en armen. Filou kon het bronwater in haar maanzilveren kan ruiken: fris en kruidig.

Het meisje liep naar Tamisha toe. Ze liet zich op een knie zakken en boog haar hoofd.

'Geëerde Vrouwe. Het water.'

Tamisha nam de kan aan, met een elegant gebaar. 'Dank, Waterdraagster Anera,' zei ze. 'Dank van mij en dank van de Boom.'

Het meisje raakte met haar voorhoofd de grond aan en maakte zich uit de voeten.

Toen rechtte Tamisha haar rug. 'We gaan!' riep ze.

Gek.

Een dag eerder had Filou er nog alles voor overgehad om níét langs de trap in de Grote Zaal omlaag te hoeven. Ze zou hebben gegild, gehuild! En nu wandelde ze hier als een gast en ze voelde zich een filmster.

De treden omlaag waren glad. De wanden naast en boven

haar waren van koele steen en er stonden schilderingen op als in de troonzaal. Filou zag draken, eenhoorns en vogels. Er waren beelden van Tamisha's voorgangsters. Die met het zwaard bijvoorbeeld. Maar de Boom was er ook: nóg groter, nóg machtiger, nóg witter dan Filou hem had gezien.

Een aantal meters liep de trap steil omlaag. Vervolgens was er een recht overloopje, waar de vloer versierd was met gekleurde steentjes. Vandaar ging de gang weer verder omlaag, maar nu was het een aarden tunnel die het donker inslingerde.

Filou slikte. Ze hield niet van donker. Ze sliep nog altijd met een nachtlampje, wat de kinderen uit haar klas er ook van zeiden. Maar Tamisha ging met zelfverzekerde passen het duister in, de kan met water in haar hand.

Filou keek over haar schouder. Het einde van de tunnel – of het begin, het was maar hoe je het bekeek – was een vlek in de verte. Toen maakten ze een bocht en het donker viel om haar heen als een benauwde deken. 'Vrouwe Tamisha?'

Eén woord zei ze. Het klonk als *'léí'*.

Als bij toverslag stroomde mat licht de tunnel in. Het kwam van overal en nergens. Het was groenachtig wit en wierp geen schaduwen. Bijna alsof de aarde zelf licht gaf, dacht Filou.

Maar het is niet mooi. Het is…

Vreemd.

De wanden waren van harde, ingedroogde aarde. Filou voelde en zand kleefde aan haar vingers. Grijswitte wortels, die kriskras uit de grond staken, steunden het dak.

Over het plafond liepen insecten: sprieterig, met harde schilden en veel poten.

Filou trok een gezicht. Meteen – had ze ogen in haar rúg of zo? – keek Tamisha over haar schouder. 'Zij kunnen het niet helpen dat jij ze niet mooi vindt,' zei ze zacht. 'Maar ook zij leven en ze doen geen kwaad.'

Toen draaide ze zich weer om en liep verder. Soms stopte ze als een dikke boomwortel door het plafond stak. Dan kuste ze haar vingertoppen, doopte ze in het water en sprenkelde een beetje over de wortel.

Soms passeerden ze openingen die naar nieuwe gangen leidden, waar het vreemde licht niet kwam. Eén keertje bleef Filou staan. Zien kon ze niets daarbinnen, maar ze hoorde...

Geschuifel.

Geritsel.

Een kreet?

En toen lag Tamisha's hand op haar schouder. 'Daar wil je niet heen,' zei ze zacht. 'Die weg gaat naar Beneden.'

Filou voelde iets krampen in haar maag en volgde de Vrouwe door de brede tunnel. *Wie zouden daar zijn? Waaraan hadden ze dat verdiend?*

Verder.

Stap na stap. Draai na draai. Zand sijpelde in Filous schoenen. Het schuurde tussen haar tenen. Steentjes bleven steken bij haar hak en zwarte vlekken dansten voor haar ogen. Zelfs Tamisha liep nu langzamer en Filou kon haar adem horen. Ze moest ook moe zijn. Ze was al oud.

Toen bleef Tamisha staan.

Eerst zag Filou niets. Ze hijgde en haar hart bonsde.

Maar na een tijdje kon ze beter zien. Ze stonden in een aarden hol. Het licht kroop omhoog langs de wanden en plakte tegen het plafond en tegen een harige zuil die dwars door de zoldering stak en recht daaronder weer in de vloer verdween. Aarde kleefde tussen dunne uitsteekseltjes. Draadjes als haren, als…

Wortels!

Ineens begreep ze het. Deze holte was gemaakt rond de grootste wortel van de Enige Boom.

In de verte ruiste iets. Het leek het geluid van water, maar het was geen klotsen of klateren. Meer stromen. En als je goed luisterde, hoorde je een stem in dat ruisen. Iets of iemand die je kon verstaan als je héél goed luisterde. Waar had ze dat eerder gehoord?

'Dit is het Hart,' zei Tamisha.

Ze draaide zich om en Filou schrok. Haar gezicht leek plotseling vreselijk mager. Haar wangen waren rood door de inspanning, maar haar huid was zo bleek als papier.

Filou wilde opstaan om haar te ondersteunen. Tamisha schudde haar hoofd. 'Nee,' zei ze. 'Deze plek is voor mij alleen. Níémand mag volgen. De Boom verbiedt het.'

Filou aarzelde. De Vrouwe zag er zo moe uit.

'Misschien moet u eerst uitrusten?' probeerde ze. 'Het was een lange tocht en…'

'Denk je dat ik het niet kan?' vroeg Tamisha. Het klonk alsof ze niet wilde toegeven hoe ze zich voelde.

'Nee, natuurlijk niet. Ik bedoel: natuurlijk kunt u het wél, maar ik denk niet…'

Tamisha schudde haar hoofd. 'De Boom wacht niet,' zei
ze eenvoudig.

Toen draaide ze zich om en legde de laatste meters af.

Er liep een soort ondiepe goot om de dikke wortel. Daar
knielde ze en begon zacht te zingen.

Het waren geen woorden, maar klanken. Ze stegen op uit
Tamisha's keel, drongen in de muren, botsten tegen het
plafond. En dan bleven ze steken, vielen uit elkaar tot je ze
niet meer kon verstaan. Droevig.

Ze vertelden geen verhaal, Filou zág het lied. Een lied dat
droomde van groene weiden en bloeiende bloemen, van
klaterende beekjes en zingende vogels. Maar tegelijk vertelde het van het dorre gras. Van de hitte. De droogte. Het
lied smeekte. *Zorg voor ons! Blijf bij ons. Bewaar dit land.*

Pas hier, op het geheimste plekje van Udana, zag Filou het
echt. De Enige Boom was meer dan een boom alleen. Hij
vulde de lucht. Zijn macht was zo groot dat je die bijna
vast kon pakken en toch ook weer niet. De Boom was
sterk. Maar ook bedroefd en oud.

Zorg voor ons. Bewaar dit land.

Toen was het lied voorbij en de Vrouwe goot het water
uit de zilveren kan in de goot. Het vermengde zich met
het droge zand, sijpelde, druppelde en zakte in de aarde.
Vanaf deze plek zou het de grote wortel bereiken. Vandaar konden wortels en takken zich voeden met de kracht
van de Bron en de Vrouwe samen.

Zo ging het elke dag. Zo móést het gaan.

Een poosje bleef Tamisha zitten, terwijl het water in de
grond sijpelde en de lucht vol was van de zoem van de

Boom. Maar uiteindelijk stond ze toch op en keerde zich om.

Haar gezicht was bleker. Filou zou zweren dat ze zelfs nieuwe rimpels had gekregen. Ze zette een voorzichtige stap in haar richting, stak een hand uit. Toen viel ze, als in een vertraging op tv. En het werd donker.

Filou krabbelde overeind. Ze wilde naar voren rennen. Tamisha helpen. Maar...
Níémand mag volgen. De Boom verbiedt het!
Ook nu?
Filou weifelde. Het mócht niet. En Filou had gemerkt dat ze in Udana nogal streng waren. Ze was bijna gestraft omdat ze de Bron had aangeraakt, terwijl ze niet eens had geweten dat dat verboden was. En nu wist ze héél goed dat ze niet bij het Hart mocht komen. Maar Tamisha dan?
Filou beet op haar lip. Ze kon de Vrouwe niet zien in het vette donker. Maar ze kon haar wel voelen. Als energie.
En toen kreunde de Vrouwe.
Misschien is ze gewond.
Misschien gaat ze dóód.
'Het moet gewoon,' fluisterde Filou.
Ze zocht de muur met haar handen. Aarde liet los en stroomde over haar vingers. Filou slikte. Wat als deze hele tunnel instortte? Ze had wel eens gehoord van kinderen die holen groeven in een zandbult en een vreselijke dood stierven.
Niet aan denken. Hoever is ze?

Ze haalde diep adem en liet de muur los. Stapte. Eén pas. Twee.

Het leek alsof ze tegen een muur aanliep. De lucht was dik, als een enorm kussen. Het was niet dat ze er niet door kón, maar het voelde verboden. Als een storm die niet waaide, maar haar wel tegen kon houden.

De Boom verbiedt het.

Filou likte haar droge lippen. Moest ze zich omdraaien en hulp halen? Maar ze was alleen. Het was donker en straks koos ze de verkeerde gang. En Tamisha, die kon ze toch niet alleen laten?

'Boom,' fluisterde ze. 'Zij heeft voor jou gezorgd, al die tijd. Laat me haar helpen!'

Was het raar om tegen een boom te praten?

'Alsjeblieft,' fluisterde ze nog eens. 'Daarna zullen we alles doen om Shohana terug te brengen. Dat beloof ik.'

Stilte.

Ze voelde zich stom. Ze wilde zich omdraaien. Omhoogkruipen door het donker van de aarde naar het licht. Laat ze in hun sop gaarkoken met hun stomme regeltjes en rare toverij! Maar toen werd het geruis om haar heen sterker. Het lispelde, het ademde.

En de Boom sprak. *'Kom,'* fluisterde de Boom. *'Kom maar.'*

Het schaduwloze licht stroomde terug. Filous hart bonsde als een razende. Maar ze stapte weg van de muur en knielde bij Tamisha, die roerloos bij de wortel lag. Bloed plakte in haar grijsblonde haren. Nu was er geen 'wind zonder waaien'. Er was niets om haar tegen te houden.

'Kom,' fluisterde de Boom nog eens.

Tamisha kreunde toen Filou haar op haar zij draaide. Haar ogen openden zich op een kiertje. 'Wat?' fluisterde ze schor.

'Ssht,' antwoordde Filou.

Voorzichtig veegde ze de haren opzij en zag een diepe, rode snee. Die wond moest worden verbonden. Misschien wel gehecht. En omdat er niets was, greep ze de zoom van haar eigen jurk. Ze draaide de stof stevig om beide handen en trok uit alle macht.

Met een krakend geluid scheurde de stof. Ze wikkelde het verband haastig om de wond en knoopte hem opzij vast. Het zag er gek uit, maar het zou het bloeden wel stoppen.

'Vrouwe,' zei Filou. 'Kunt u staan? Lopen?'

Tamisha fronste.

'U kunt hier niet blijven!' zei Filou dringend. 'We moeten hier weg!'

'Ja,' mompelde Tamisha. 'Naar boven.'

Ze bewoog zich zwakjes, maar toen ze probeerde op te staan, verloor ze bijna haar evenwicht. Filou kwam snel naast haar staan. 'Wacht.'

Ze sloeg haar arm om het middel van de Vrouwe. Voetje voor voetje leidde ze Tamisha weg van het Hart. En terwijl ze dat deed, werd ook het ruisen van de Boom sterker. Even voelde Filou hoe de angst dichterbij kroop. Was de Boom boos? Wat gebeurde er?

Maar toen zag ze, voelde ze, dat Tamisha steviger op haar voeten kwam te staan, en ze begreep het. *Hij hélpt haar! En mij!*

Het licht volgde. Het kroop over de wanden, sloop over

de vloer. En het wees hun de weg omhoog. Duizend kansen om te verdwalen. Duizend wegen om eeuwig rond te kruipen in het zwart. Maar het licht bracht hen in veiligheid.

Tamisha zweeg de hele terugtocht. Eén keer maar bleef ze staan en keek over haar schouder. 'Het is een teken,' fluisterde ze toen.

En toen passeerden ze die laatste bocht en het toverlicht viel weg en maakte plaats voor een duidelijke, witte vlek aan het einde van de tunnel. Filous benen knikten, maar ze haalde diep adem en schreeuwde. 'Help! We hebben hulp nodig! De Vrouwe is gewond!'

7. Je kunt meer dan je denkt

Haar gezicht was zo wit als de lakens van het bed. Haar ogen waren dicht, met wimpers als zwarte waaiertjes op de huid. Het verband – nu netjes aangelegd door een geneze-res – bedekte haar haren. Of ze nog ademde? De stilte was oorverdovend.

Filou boog zich voorover. Ze durfde Tamisha niet aan te raken, maar bracht haar oor vlak boven de droge lippen. Toen voelde ze het. Heel lichtjes. Een beetje vochtig. Adem.

Opgelucht kneep Filou haar ogen even dicht. Zolang de Vrouwe van Udana leefde, was er hoop. Hoop dat zij naar huis kon gaan. Dat ze Shohana zouden vinden. En hoop dat Udana met al zijn magie kon blijven bestaan.

Ze kon zich niet voorstellen hoe dat zou zijn. Geen Boom meer die met zijn wortels en takken overal leek te zijn. Geen vogels die landden op je schouder. Geen bloemen die recht voor je voeten uit de grond spatten. Afschuwe-lijk.

'U moet beter worden,' fluisterde Filou tegen de bleke Vrouwe. 'U móét gewoon.'

'Ik denk dat ze dat zelf ook wel weet,' zei een zachte stem.

Geschrokken keek Filou op. In de deuropening stond

een lange vrouw met een blauwe kap half over haar haren getrokken. Het was een van de genezeressen die voor Tamisha zorgde. Welke van de tig, dat wist Filou niet. Met die kappen leken ze allemaal op elkaar.

'Onze Vrouwe heeft het zwaar gehad,' zei de genezeres zacht. 'Deze beproeving heeft veel kracht gekost.'

Filou dacht aan wat Evianne had verteld. Dat Tamisha pas kon stoppen met haar werk als Shohana terug was. Maar Shohana was ook oud. Zou zíj dan wel...

Het was alsof de genezeres haar gedachten kon lezen. Ze knikte Filou zachtjes toe. 'De Vrouwe van Udana is verbonden met de Boom. De Boom neemt, maar gééft ook. En dat betekent dat een Vrouwe vele malen ouder wordt dan een gewoon mens. Shohana zal haar jeugd hervinden als ze de verbintenis met de Boom aangaat.'

'Als,' zei Filou zachtjes.

De genezeres knikte. 'Als,' herhaalde ze.

Ze liep met zachte passen naar een tafeltje naast het bed. Daarop stonden flesjes en potjes met zalven en drankjes die er geheimzinnig en magisch uitzagen. De genezeres pakte er een. 'Drakenwortel', stond er in puntige letters op geschreven. De vloeistof was helderrood.

Naast Tamisha stond een kopje kruidenthee dat vast al koud geworden was. De genezeres drupte er een paar druppels drakenwortel bij. Toen legde ze haar hand in de nek van Tamisha, tilde haar hoofd op en goot het drankje tussen Tamisha's lippen.

De Vrouwe kreunde, slikte, en zakte terug in de kussens.

De genezeres knikte tegen Filou. 'Jij zou ook moeten rusten,' zei ze. 'De tocht naar het Hart moet je uitgeput hebben.'

Filou knikte. 'Maar niet zoals haar,' zei ze, met een knik naar Tamisha.

Ze wilde niet bij Tamisha weggaan. Soms dacht ze dat ze haar gezond kon dénken, als ze maar hard genoeg haar best deed.

'Ik begrijp het,' zei de genezeres. 'Blijf nog maar even dan.' Toen liep ze terug naar de deur en verdween.

Filou zuchtte diep. Ze pakte een doek en sprenkelde er een beetje muntolie op. Daarmee bette ze voorzichtig het voorhoofd van Vrouwe Tamisha. Dat hielp, had de genezeres eerder gezegd. Het verlichtte de pijn die ze in haar hoofd moest hebben, en het pepte haar een beetje op. Zou ze op tijd beter zijn?

De schrik was enorm geweest, toen Filou – hoeveel uren geleden? – naar boven was gekomen met de gewonde Tamisha. Tientallen vrouwen waren toegeschoten, tientallen handen hadden de Vrouwe én Filou ondersteund. 'Wat is er gebeurd? Wát?'

En Filou had het gezegd. De Vrouwe was gevallen bij het Hart van de Boom. Zíj had haar weggehaald.

Heel even was er een geschokte stilte gevallen. Maar toen had Tamisha zwakjes een hand opgetild. 'De Boom zelf gaf haar het licht van de aarde en wees haar de weg. Zíj vermurwde zijn oude Hart.'

Filou wás al Grote Redster geweest – al had ze geen flauw

idee hoe zíj nog iemand kon redden – maar nu was ze ook nog 'Geliefde van de Boom'. Niemand hield haar tegen als ze iets wilde.

En nu zat ze stilletjes naast Tamisha's bed, terwijl verder iedereen werd weggehouden. Ze fluisterde kleine gebedjes aan de Boom – zou dat iets uitmaken? – en hoopte. Zo hard ze kon.

Haar blik gleed langs de fijnbewerkte ramen die uitzicht boden op de heldere hemel. Takken slingerden langs het plafond en het bed en vandaar weer naar buiten, naar het licht. Een windvlaag trok van raam tot raam. Een blad van de Boom liet los en dwarrelde omlaag.

De kleur was niet langer zilverwit, maar geel. Ze raapte het op en het knisperde tussen haar vingers. Droog. Een sterke, kruidige geur kwam vrij.

Gedachteloos stak ze het weg tussen de plooien van haar jurk. Vandaag had de Boom nog water gehad. Maar de Vrouwe was te zwak om het ritueel morgen te herhalen. En veel méér te zwak om met Filou terug te keren naar haar eigen wereld.

Wat betekende dat?

Filou slikte moeilijk. Nooit meer elfje en drakenprinses. Nooit meer een warme knuffel voor het slapengaan. En de mensen hier... Ze leken zo rustig, maar ze moesten doodsbang zijn. Hun wéreld was in gevaar.

'Tamisha,' fluisterde ze. 'Wat moet ik doen?'

Maar de Vrouwe van Udana gaf geen antwoord.

Plotseling was het schemerig.

Filou kon zich niet herinneren dat ze het donker had zien worden. Maar nu glansden de takken van de Ene Boom zilverachtig tegen een grauwe avondlucht. Avondwind ritselde door de bladeren. Een glazen bol zweefde boven het bed van Tamisha en glansde met een zachtblauw licht. *Land van anders.*

De deur achter haar ging open. Een genezeres kwam binnen. Ze liep naar Tamisha's bed en boog zich over de Vrouwe. Haar frons werd dieper, maar ze zei niets. Toen knikte ze naar Filou en verdween. De deur klikte nauwelijks hoorbaar achter haar. Filous mond was droog. *Als ze niets zeggen, is het nooit goed.*

En dus?

Ze stond op en liep naar het raam. Beneden zag ze de tuinen waar ze voor Tamisha had gestaan. Waar Tamisha haar had gevraagd om te helpen. *We hebben je nodig, Filou!*

Ze rook de geur van bloemen die opsteeg in de nacht. *Een paradijs. Maar een paradijs dat sterft.*

Ze draaide weg. Naast het raam stond een bureautje. Er lagen vellen perkament op en een ganzenveer. Ernaast stond een potje zwarte inkt. Een van de papieren was beschreven en Filou boog zich erover. De brief zelf zei iets over grenzen en wetten. Maar in de kantlijnen stonden tekeningetjes, alsof Tamisha zich verveeld had tijdens het schrijven. Er was een boompje waarvan de wortels zich tussen de zinnen door slingerden. Een vogel zweefde boven aan de pagina. Het dier leek weg te vliegen van de bladzijde. Omhoog.

Filous blik volgde de vogel en viel op een laatje, hoger in het bureau. Het stond op een kier en door die kier zag ze de glans van zilver. Maanzilver.

Het leek heel gewoon dat ze het laatje opentrok. En het leek ook heel gewoon dat ze het zilveren kistje erin tevoorschijn haalde. Het was rond en in het zilver zag ze de afbeelding van de Ene Boom. Onder zijn takken lag een meertje of een vijver. *De Zwarte Bron?* En áchter de Bron...

Een poort.

Filou wist wat er in het kistje zat. Toch trilden haar vingers toen ze het deksel optilde.

Ja!

Daar lag de Sleutelsteen in een nestje van fluweel. De leren veter die Filou eraan had gemaakt, zat nog door het oogje. De afbeeldingen van water en maan waren zo helder dat ze bijna licht gaven.

Ze aarzelde en keek over haar schouder, naar Tamisha. De Vrouwe bewoog nog altijd niet. Maar het was alsof Filou haar kon horen in haar hoofd. *We hebben je nodig, Filou. Je kunt meer dan je denkt!*

En toen nam ze een besluit.

Tamisha was niet de enige aan wie de Sleutelsteen gehoorzaamde. Filou had hem zelf gebruikt, toen ze ontsnapte aan Brenaris. Zíj had de poort geopend en was naar Udana gereisd. Zou ze niet terug kunnen zónder Tamisha?

Zou zij Shohana kunnen bevrijden?

En durfde ze dat?

Filou nam de Steen uit het zilveren kistje en klemde hem stijf tussen haar vingers.

Voor één keer geen elfje zijn, maar een drakenprinses, dacht ze.

Filou rende door de gangen. Gelukkig waren de meeste paleisbewoners in hun kamers nu het avond was. Eén keer ontmoette ze twee Waterdraagsters. Ze liepen te kletsen, alsof er niets aan de hand was en alles goed was. Zouden ze weten dat hun Vrouwe op sterven lag? Filou maakte haar rug zo recht mogelijk en deed net alsof ze hier hóórde te lopen.

Ze liepen langs haar zonder op te letten.

Een andere keer was het een loopjongen die door de gangen rende voor een opdracht die blijkbaar heel veel haast had. Zijn ogen werden groot toen hij Filou herkende. Hij stopte, maakte een onhandige buiging en wachtte tot ze voorbij was. Toen pas rende hij verder. Ook hij hield haar niet tegen.

Iets moeilijker werd het toen voor Filou twee oudere vrouwen een hoek omsloegen en de gang inliepen. Ze droegen lange gewaden met zilveren sterren op de zoom. Díé waren belangrijk, dat zag je meteen.

Filou dacht dat zij géén buiging zouden maken als ze haar zagen met de Sleutelsteen om haar hals. Zouden ze het begrijpen? Ze keek snel om zich heen en zag een gebeeldhouwde eenhoorn op een sokkel. *Dáár!* Haar hart bonsde toen ze wegkroop onder de wijde staart van het sprookjespaard. De vrouwen zagen haar niet. Maar Filou zag hun bezorgde gezichten toen ze langs haar liepen. Gedempte stemmen en flarden van een gesprek: '... niet goed...' en '... nooit op tijd...' en 'ramp'.

Zíj wisten het wel.

Ze kroop weer tevoorschijn. Ze kon altijd goed de weg vinden als ze met haar moeder in het bos ging wandelen. Dit was eigenlijk net zoiets. De poort, waardoor ze naar binnen was gekomen, vóélde alsof hij rechts moest zijn. Achter die muur.

Haar blik gleed naar de gang waar de vrouwen uit gekomen waren. Ze versnelde haar pas tot een drafje en sloeg de bocht om.

Rechts waren de deuren die haar de vorige dag nog in de Witte Zaal hadden gebracht. Maar links lag de toegang die ze zocht. Deuren die leidden naar de grote witte trap. Naar búíten.

Filou haalde diep adem, wilde verder lopen, maar toen stapte een wachter uit de schaduwen.

Stik!

Dáár had ze geen rekening mee gehouden. Achter de eerste wachter verscheen nu een tweede. Beiden hadden een hellebaard in hun vuist en een zwaard aan hun gordel. En ze zagen er niet uit alsof ze Filou zomaar naar buiten zouden laten.

Filou aarzelde. Wat nu?

Niet opgeven.

Een hand op haar schouder. De vage geur van bloemen in

haar neus. Een lichte stem fluisterend in haar oor. 'Ik weet wat jij wilt doen!'

Evianne.

Ze draaide zich om. De Waterdraagster stond voor haar met een klein glimlachje om haar mond. 'Ik weet wat je wilt,' herhaalde ze met een knikje naar Filous borst. 'En ik weet een betere weg. Kom!'

Ze stak haar hand uit en Filou nam hem aan. Ze wierp nog een verwarde blik op de wachters, die niets in de gaten hadden. Toen volgde ze de Waterdraagster.

Evianne aarzelde geen moment. Ze trok Filou weg van de soldaten bij de poortdeur en sleurde haar terug naar de brede gang waar ze uit was gekomen. Maar daar koos ze een smallere gang, die Filou niet eens had gezien. Er waren hoge ramen, waardoor Filou binnentuinen kon zien en soms een stukje van de muur rond het gebouw.

'Waar breng je me heen?' vroeg ze. 'Ik moet…'

'Naar buiten. Dat weet ik. Je wilt naar de Bron. Toch?'

'Ja, maar…'

'Kom!'

Verder. Een hoek om. Een portaal door. Weer een gang. Een hal. En toen kwamen ze bij een kleine, ronde deur. Daar bleef Evianne staan en haalde een grote, ijzeren sleutel tevoorschijn. 'Dit is de poort van de Waterdraagsters,' zei ze toen. 'Wij gebruiken hem als we naar de Bron gaan.'

De deur zwaaide open en Filou zag een slingerend pad omzoomd met bloeiende struiken. Nachtvlinders fladderden over stenen die de weg wezen naar een tweede deur in de paleismuur. Evianne stapte naar buiten, maar Filou legde een hand op haar schouder.

'Je gaat mee?' vroeg ze verbaasd.

'Ik moet,' zei de Waterdraagster rustig.

Toen vertelde ze het. Evianne was naar bed gegaan. Hartstikke bang, zoals iedereen die wist wat er met de Vrouwe was gebeurd. Maar na een tijd was ze toch in slaap gevallen. En toen had ze gedroomd. 'Alleen wás het geen droom, Filou. Het was een boodschap.'

Filou rimpelde haar neus. Een boodschap?

'Ik droomde dat ik op de velden liep, onderweg naar de Bron. Maar ik was niet alleen, Filou. Jij was daar ook. We liepen hand in hand. En jij had de Sleutelsteen om je hals.'

Ze knikte naar Filous mantel, die een beetje opbolde op de plek waar de Steen hing.

'We kwamen bij de Bron en daar stond de Ene Boom. En hij liet zijn takken over ons heen zakken, zodat niemand ons kon zien. De Boom wil dat ik je help, Filou. Ik moet met je mee naar jouw huis om Shohana te bevrijden.'

Filou schudde haar hoofd. Dat was toch gék?

'Geloof je me niet?' vroeg Evianne, ineens fel.

Filou aarzelde. 'Natuurlijk wel, maar…'

… het is levensgevaarlijk. Hoe lang ken ik haar nu eigenlijk? Waarom zou ze dat willen?

Even leek het alsof Evianne boos zou worden, maar uiteindelijk haalde ze haar schouders op. 'Nou, er is nog iets,' gaf ze ten slotte toe. 'Weet je? Het was niet toevallig, dat je hierheen kwam. Ik bedoel: ik ben al zo lang nieuwsgierig naar die andere werelden waar ze ons over vertellen. Dus vaak, als ik bij de Bron ben, dan kíjk ik. Snap je? En soms, heel soms, dan vang je een glimp op van dáár. En deze keer zag ik jou! En ik denk dat daardoor, misschien…'

'Jij mij…'

'… hierheen getrokken hebt. Soort van. Ja! Dat denk ik.'

Ze zuchtte. 'Daarom vond ik het ook zo erg dat Tamisha je naar Beneden wilde sturen. En daarom…'

'Wil je me helpen,' vulde Filou aan.

Evianne knikte. 'Ben je boos?' vroeg ze voorzichtig.

Filou dacht even na. Als ze het eerder had gehoord, dan misschien. Maar nu was er te veel gebeurd om nog boos te zijn. 'Nee,' zei ze. 'Niet boos. Blij.'

Sliertjes mist wikkelden zich om de stammen van de blauwpaarse bomen. Takjes braken met een scherpe *tschák*. In de struiken piepte een diertje. En daar, vlak voor hen, lag de Bron.

Het water leek nog zwarter dan die eerste keer. Filous benen waren moe van het lopen, steeds maar lopen. Ze trilden als drilpudding en ze voelde zich misselijk.

'Evianne?'

'Ssht.' De Waterdraagster liep naar de Zwarte Bron. 'Geen tijd te verliezen. Hoor je het niet?'

Filou luisterde. En ja, dwars door de stilte van de ochtend die dichterbij sloop, hoorde ze het geluid dat ze herkende.

Het geluid dat hoorde bij dit land. Stromen, ruisen. Alleen dringender deze keer. Een beetje zenuwachtig.

Maak voort!

Filou knikte. 'Goed dan!'

Evianne glimlachte vaag, met haar wonderlijk serieuze glimlach, waarbij haar wenkbrauwen een beetje opkrulden aan de zijkanten. Ze haalde een maanzilveren fles uit haar mantel en knielde aan de rand van het water. Terwijl ze onverstaanbare woorden prevelde, vulde ze de fles met het water. Toen drukte ze de stop er weer op en verborg de fles tussen haar rokken. 'Nu dan,' zei ze.

Evianne stak haar hand uit en Filou kwam naast haar staan. Haar hart bonsde toen de Waterdraagster begon te zingen, met klanken van diep uit haar keel.

En het water van de Bron bewoog.

Filou slikte. De Steen op haar borst werd warm. Gloeiend bijna. Ze gluurde omlaag en zag dat hij licht begon te geven.

Net als toen.

Ze greep ernaar. Bijna vanzelf hield ze hem omhoog. En de maan, die als een glanzende bal aan de hemel stond, leek iets feller te worden en stuurde een zilveren straal omlaag.

Filou keek even opzij naar Evianne. De glimlach was verdwenen. Haar mond stond strak en haar ogen glansden als die van een kat in de nacht. Ze kneep in de hand van de Waterdraagster en die kneep terug.

Je kunt meer dan je denkt.

De beweging van het water werd heftiger. Het leek alsof de lucht erboven verdikte tot een gordijn van zilver.
Toen stapten ze samen naar voren in de werveling boven de Bron.

8. Terug in Watervoorde

Het gras was stug, de rivierklei onder haar voeten hard. Er prikte iets in haar neus dat stoffig rook en benauwd. Uitlaatgassen, besefte ze. Die had ze al lang niet meer geroken. Gek, hoe je niet merkte dat zoiets weg was, maar wel dat het terug was. Op de weg zoefde een vrachtwagen voorbij.

'Wat is dat?'

Evianne stond doodstil aan de oever van de rivier. Haar ogen waren wijd open en haar neusvleugels bewogen onrustig als van een konijntje.

'Een auto. Niks bijzonders.'

'Au-too?'

Het woord klonk vreemd uit Eviannes mond en Filou bedacht dat de Waterdraagster natuurlijk niet wist wat dat was. In Udana had je geen auto's en ook geen elektriciteit. *Alleen het licht van de aarde.* 'Een soort koets zonder paard,' vertelde Filou onhandig. 'Van ijzer.'

'Oh,' zei Evianne.

'Ze rijden op benzine. Dat is gemaakt van olie.' Ze zweeg. Ze kon het nooit uitleggen.

Evianne rimpelde haar neus. 'Het stinkt,' zei ze.

'Ja,' gaf Filou toe.

Evianne veegde haar handen af aan haar jurk. Er verschenen donkere vochtplekken op de stof. Ineens besefte Filou dat ze niet nat was. De vorige keer had ze gedrópen. Maar nu... Alleen haar jurk voelde klam.

'Je moest ook door de poort stappen,' grinnikte Evianne, alsof ze haar gedachten kon lezen. 'Niet in het water springen, zoals jij deed.' Ze aarzelde even en keek om zich heen. 'Waar is Shohana?'

De vraag bracht Filou met een schok terug in de werkelijkheid. Ze hadden een taak te vervullen! Ze keek even om zich heen. Toen wees ze naar het zuiden, waar de kerktoren boven de bomen uitstak. 'Daar! Maar eerst moeten we uitzoeken wat voor dag het is, want de bieb is alleen op maandag open. En...', ze keek omhoog, naar de zon, die hoog aan de hemel stond, en fronste haar voorhoofd, 'Evianne! Toen we weggingen, was het nacht!'

Tijd... Filou begreep ineens dat een dag in Udana misschien niet hetzelfde was als een dag in haar eigen wereld. En dat betekende dat ze mogelijk niet twee nachten was weggeweest, maar misschien wel veel langer en...

Mama.

'Kom!' riep ze naar Evianne. 'Opschieten!'

In dit land was zíj de baas. Filou kende de paadjes die je door de struiken op de weg brachten. Filou begreep dat je je geen zorgen hoefde te maken als er een straaljager gierend overkwam. Filou wist dat straatlantaarns gewoon lantaarns waren en niet lichtgevende bomen.

Ze pakte Eviannes hand en trok haar zo snel mogelijk langs de straat in de richting van het dorp. Auto's passeerden. Wel veel, vond Filou. Normaal was het nooit druk in Watervoorde.

Ze sloegen af van de Rijksstraat naar de Krommeweg. Vandaar nam ze het wandelpaadje langs de volkstuintjes: dat was korter. En toen kwam Janny Everhart op haar fiets de hoek om. Ze remde, sprong van haar fiets, die met draaiende wielen op de straat klapte, en greep Filou bij de arm. 'Filomena van der Ploeg! Jij! Waar ben je geweest? Dríé dagen! Wat is er gebeurd?'

Evianne deed geschrokken een stapje terug. Filou staarde de vrouw met grote ogen aan.

'Filou!' Janny Everharts stem sloeg een beetje over. 'Was je ontvoerd? Ben je ver...' Ze zweeg, alsof ze plotseling op haar tong had gebeten.

'Ik was onderweg naar huis,' zei Filou voorzichtig.

'Waar wás je nou?' riep mevrouw Everhart nog eens. 'Iedereen heeft zo in angst gezeten.'

'Gewoon,' zei Filou. Wat moest ze zeggen? 'Wat voor dag is het eigenlijk?'

Maar mevrouw Everhart luisterde niet. Dat deed ze nooit. 'Je moet meteen naar huis!' riep ze. 'Wacht! Ik breng je!'

Filou werd misselijk van haar parfum. Dat was altijd al zo, maar vandaag extra leek het. Daartussendoor rook ze een vage, zure lucht. Misschien had Annejetje overgegeven. 'Hoeft niet!' zei ze haastig. 'Ik ga al.'

Ze trok haar arm los en liep de straat in. Evianne volgde haar met snelle voetstappen. Achter haar stond Janny Everhart en staarde hen na.

Er stonden veel auto's in de straat. Filou zag de zwarte Golf van haar moeder, een blauw busje, dat ze niet eerder had opgemerkt, drie zilverkleurige auto's en een grote SUV. Maar ook een oranje eend, die ze uit duizenden zou herkennen.
'Karin!' fluisterde ze. Wat deed haar vriendin hier?
De laatste meters over de klinkers rende ze. Even weifelde ze bij de oprit. Voordeur? De gordijnen waren gesloten. Dat was raar zo midden op de dag. Achterdeur dan maar. Die stond op een kiertje en Filou schoof naar binnen met een zenuwachtig gevoel in haar buik. Ze hoorde geroezemoes van stemmen. De lage bas van een man. Karins vader? Een hogere vrouwenstem die soms een beetje oversloeg. Ze duwde de deur naar de woonkamer open. Hij piepte, maar niemand hoorde het.
Haar moeder stond naast de telefoon. Haar gezicht was bleek als wit papier. Haar ogen waren rood en er zaten vegen op haar wang. Ze had de hoorn in haar hand en trilde.
Karin zat op de bank. Haar lange, rode haren waren ongekamd. Een zonnebril – die droeg ze vaak sinds ze in de stad woonde; vond ze cool – lag op het tafeltje. Naast haar zat haar vader, Peter. Hij strekte zijn hand uit naar Filous moeder. 'Wat is er, Johanna?' hoorde ze hem vragen. 'Is er nieuws?'

Haar moeder wilde antwoorden, maar toen dreef haar blik naar de deuropening en ze zag Filou. De telefoon viel uit haar handen en klapte op de grond. Het klepje schoot open en de batterij viel eruit.

'Filou!' Ze klonk vreemd. Alsof ze wilde gillen, maar haar stem niet meewerkte.

Het volgende moment stond ze naast haar dochter en werd Filou platgedrukt tegen haar buik. Harde vingers klemden zich om haar hoofd. Filou rook zweet en sigaretten.

Ze hield haar vast. Alleen maar dat. En ze voelde haar moeders lichaam schokken.

Vaag merkte ze dat Peter opstond. Karin zei iets, dat ze niet kon verstaan. Er streek een hand over haar arm.

Toen duwde haar moeder haar van zich af. Ze legde haar vingers weer om Filous gezicht en keek haar in de ogen.

'God,' fluisterde ze. 'Je ziet er vreselijk uit. Meisje, waar ben je gewéést. Ik was... Ik dacht...'

Ze brak af en trok haar weer tegen zich aan.

'We dachten dat je ontvoerd was, of verdronken. Wát dan ook.' Dat was Peter. Hij raakte haar haren aan. 'Allemachtig, Filou. We werden stapelgek van angst!' Hij zweeg even, aarzelde. 'En wie is zíj?'

Wat moest Filou zeggen? Voorzichtig maakte ze zich los uit de krampachtige omhelzing van haar moeder en deed een stapje achteruit. 'Dat is Ev... a.'

'Effa?' vroeg Peter.

'Eva,' herhaalde Filou. 'Ze heeft me gebracht.'

Ze keek naar de grond, omdat ze geen idee had wat ze

114

moest zeggen. Daar, vlak bij de bank, lag de krant. 'Zoektocht Watervoorde levert niets op', stond er in vette letters op. 'Schoolmeisje spoorloos'. *Záterdag. Dan hebben we nog twee dagen...*

Toen zette Evianne een pas verder de kamer in. 'Ik heb Filou gevonden,' zei ze rustig. 'Bij de rivier.'

'Wat? Maar... Wanneer? En niemand heeft gebeld?'

Dat was Peter weer.

Mama pakte Filous gezicht tussen haar handen en draaide haar naar zich toe. 'Heeft iemand je kwaad gedaan, Filou?'

Filou schudde haar hoofd, al ging dat een beetje moeilijk. Mama hield haar stijf vast.

'Waar ik vandaan kom, hebben we geen teeloofoon,' zei Evianne. Het woord was vreemd voor haar.

'Nee mam,' viel Filou haastig in. 'Ze komt van dat woonwagenkamp verderop langs de rivier.'

Dat was goed bedacht, vond ze. Want in dat kampje, op het terrein van een oude fabriek, woonde een hele groep mensen zonder telefoon of elektriciteit. Omdat ze dichter bij de natuur wilden zijn, had mama eens uitgelegd.

Peter fronste zijn wenkbrauwen. 'Die hippies?' vroeg hij. Filou knikte.

'Hebben zij je die jurk gegeven?' Mama's vingers plukten aan de stof. 'Wat is het?' vroeg ze. 'Wat voor stof?'

Filou deed net alsof ze de vraag niet hoorde. 'Ik weet niet precies wat er is gebeurd. Ik kan het me niet herinneren. Maar ik werd wakker naast de rivier en ik was nat en ik voelde me ziek. Zij hebben me geholpen.'

'Toch geen drugs?' fluisterde Filous moeder.

'Ik zou de dokter bellen,' bromde Peter.

'Ben je nú in orde?' Karin. Filous vriendin stond vlak naast haar. Ze had een barbiepop in haar hand en draaide haar vingers vast in de haren. Ze stak haar hand uit en legde die op Filous arm. Warm.

Een rilling liep over Filous rug. Een blije rilling, omdat het zó lang geleden was dat ze Karin had gezien. En omdat ze nog maar heel kort geleden gedacht had dat ze haar misschien nooit meer zou zien. *Afschuwelijk...*

'Ja,' zei ze. 'Nu wel. Dankzij Eva.'

'Hmm,' bromde Peter. 'Dan moeten we maar blij zijn dat ze er was en dat ze jou thuisgebracht heeft. Al denk ik dat de politie wel even met haar wil praten.'

'Waar is ze eigenlijk?' vroeg Karin toen.

'Ze...' Plotseling voelde Filou de koude tocht van de open deur om haar blote benen.

'Evianne!' riep ze geschrokken. Ze lette niet op de verbaasde blik van Karin en de plotselinge frons van haar moeder.

Want de Waterdraagster was verdwenen.

De politie kwam: een grote man met een streng gezicht en een blonde vrouw die juist heel vriendelijk deed. Maar Filou zag iets kils in haar ogen en haar adem rook vies. Ze stelden vragen: wat er gebeurd was, waarom ze niet eerder thuis was gekomen, of ze zeker wist dat er geen vervelende dingen waren gebeurd.

Filou zei dat alles goed was, maar dat ze zich niets meer kon herinneren. Alleen dat Eva haar had gevonden. 'Maar jullie moeten haar niet gaan zoeken. Dat hóéft niet!' riep ze.

Ze deden het toch. Ze belden met hun mobiele telefoons en tikten dingen in op hun laptop. 'Opsporing verzocht: Meisje. Ongeveer twaalf jaar oud. Blond met donkere ogen. Laatst gezien...'

En Filou begon te huilen. Want straks kwamen ze erachter dat Filou nooit in dat woonwagenkamp was geweest. En Evianne ook niet. En mama zei dat het allemaal te veel was. Ze stuurde de politie weg en begon toen zelf te huilen.

Toen sloeg Filou haar armen om haar heen en gaf haar een kus op haar haren. 'Het spijt me, mama,' zei ze.

'Mag ik binnenkomen?'

Filou lag op haar rug op haar eigen bed in haar eigen kamer. Haar eigen poster van Marco Borsato keek op haar neer en ze rook de geur van haar eigen knuffelbeesten. Ze staarde naar het plafond en stelde zich voor dat er wortels langs groeiden. Witte wortels. *Misschien heb ik het me verbeeld. Ben ik écht op mijn hoofd gevallen.*

'Hé! Filou? Of ik binnen mag komen.'

Karin!

Ze vroeg het verlegen. Of Filou níét haar beste vriendin was en ze hier niet al duizend keer was geweest. Filou krabbelde overeind. 'Tuurlijk.'

Karin kwam binnen en deed de deur zachtjes dicht. Toen kroop ze naast Filou op het bed.

'Shitzooi,' zei ze.

'Ja,' antwoordde Filou.

Meer zeiden ze niet. Net als vroeger, vóór Karin verhuis-
de en alles anders werd. Dan konden ze zo een halfuur bij
elkaar zitten zonder te praten. Gewoon, omdat het niet
hoefde.

'Hoe is het met Martin?' vroeg Filou na een tijdje.

'Martin is een lul,' zei Karin.

'Oh,' antwoordde Filou. 'Da's ook shit.' Maar stiekem
vond ze het niet zo erg.

Weer bleef het stil. Filou sabbelde op de punt van een
vlecht en Karin beet op haar pink. Filou wiebelde met
haar tenen en Karin frunnikte aan een losgeraakte pluk
haar.

Toen haalde ze diep adem en keek Filou aan. 'Het is niet
waar, hè?' zei ze.

Filou zweeg.

'Je bent niet alles vergeten. Ik geloof er niks van.'

Nog altijd zei Filou niets, maar ze kauwde harder op haar
vlecht.

'Het heeft iets te maken met die heks van de bibliotheek,
toch? Mevrouw Bruinsma?'

Filou haalde haar schouders op. Wat kon ze zeggen? Zelfs
al was Karin Karin, dan nog…

'Filou? Ik ben je vriendin, weet je nog?'

Even aarzelde Karin. En toen ze weer begon te praten,
klonk haar stem een beetje vreemd. 'Ik bén toch nog je
vriendin?'

118

Dat deed het hem. Want Karin was altíjd Filous vriendin. Daar kon niks of niemand ooit iets aan doen. Dus...

'Ja,' zei Filou. 'Maar als ik alles vertel, zou je me niet geloven.'

'Probeer maar,' zei Karin. 'Het gaat om die Shohana toch? En de toversteen?'

'Sleutelsteen,' verbeterde Filou. 'En ja! Ik heb hem gevonden.'

Karin boog zich naar voren. Ze had haar benen bij zich getrokken in de kleermakerszit. Haar lange rode haar viel voor haar gezicht. Ze streek het weg achter haar oor.

Filou zuchtte. 'Ik werd wakker, 's nachts. Dat was een soort droom, denk ik, ik weet het niet goed. Ik ben naar buiten gegaan, naar het water. Ik wílde naar het water, weet je. Maar toen zag ik mevrouw Bruinsma. Ze moet het gevoeld hebben of zo. Ze achtervolgde me. En voor ik het wist...'

Plotseling was het weer heel dichtbij. Opnieuw voelde ze de storm en het kolkende zwarte water dat zich boven haar sloot.

'Er is een land daar. Achter het water. Het is er anders.'

Een land waar vrouwen de baas zijn. Een land met paleizen en kerkers en een Boom. Een land van toverij. Hortend en stotend vertelde Filou over de Bron, de Waterdraagsters, Vrouwe Tamisha en de Enige Boom die met zijn wortels het land omvatte.

'Tamisha is ziek,' fluisterde ze ten slotte. 'En wanneer de Opvolgster er niet is om haar taak over te nemen als verzorgster van de Boom, sterft Udana. Er is bijna geen water daar. De magie van de Boom houdt het land in leven.'

Ze zweeg. Plotseling was het heel stil in het kleine kamertje. Karin had een diepe frons op haar gezicht. 'En jij hebt die Sleutelsteen, waarmee je naar dat land kunt gaan?' vroeg ze.

Filou knikte.

'Vet!'

Filou schudde haar hoofd. 'Ik had hem aan Tamisha gegeven, omdat zij Shohana zou bevrijden. Maar ze werd ziek. Nu moeten Evianne en ik het samen doen. Zo snel mogelijk.'

'Oh.' Karins stem klonk ineens korzelig en ze keek omlaag. Net alsof het dekbed zo superinteressant was.

'Je gelooft me toch?' zei Filou. 'Ik dacht dat niemand dit zou geloven. Maar jij…'

Karin keek op. Ze had nog steeds die vreemde blik in haar ogen. Maar ze knikte langzaam. 'Ik geloof je,' zei ze. 'Eerst dat met mevrouw Bruinsma. Daarna verdwijn je drie dagen op rij. En nu ben je terug met zo'n rare jurk en met dat meisje. Ja, ik geloof je.' Ze grijnsde naar Filou, maar ze zag er niet vrolijk uit. 'Filou, jij en ik, we horen toch bij elkaar?'

Filou knikte. 'Tuurlijk!' Ze grinnikte. 'Drakenprinses.'

Karin draaide de Steen om en om in haar vingers, alsof het een knikker was. Ze volgde met haar vingers de zilverwitte lijntjes, ademde erop en wreef de Steen glad. 'Hij is best mooi,' zei ze ten slotte. 'Een beetje als zo'n baby-balletje, weet je wel? Met een belletje, zodat de baby dat geluidje kan horen.'

Filou knikte. De Sleutelsteen had de vorm van een traan en er zat geen belletje in, maar ze begreep wat Karin bedoelde.

'En jij kunt hem gebruiken?'

Weer knikte Filou.

'Dan kun je het mij toch ook laten zien? Gaan we samen!' Karin liet zich achterovervallen op het bed. 'Een land waar vrouwen de baas zijn. Lijkt me super!'

Filou fronste. 'Dat kán toch niet!'

'Hoezo?'

'Nou, ik heb het toch uitgelegd! Dat we Shohana moeten bevrijden. Evianne en ik!'

'Evianne.'

'Ja! Zij en ik moeten Shohana van die zolder af zien te krijgen zonder dat Brenaris het merkt. Als ik maar wist waar ze was.'

'Misschien is ze terug naar huis.'

Filou schudde haar hoofd. 'Dat kán niet!' Ze knikte naar de Sleutelsteen.

'Nou, of ze is er gewoon vandoor. Durfde ze niet meer!'

'Ze kón toch niet blijven! Dan zat ze nu op het politie-bureau.'

'Denk je?'

'Ja!'

Ze klonk overtuigd. Maar de waarheid was dat Filou zich

zorgen maakte. Evianne was inderdaad heel snel verdwenen. Vást om Filou niet verder in de problemen te brengen. *Dat moet wel.*

Maar nu zat Filou op haar kamer en beneden zaten haar
moeder en Peter, en ze zouden haar nooit, nooit het huis
uit laten gaan om Shohana te bevrijden. Dus wat moest
ze beginnen? *Misschien is Tamisha wel dóód ondertussen...*
Filou zuchtte. 'Ik moet Evianne vinden, Karin.'

'Waarom? Zij is er niet en ík wel.'

'Ze is een Waterdraagster! Die zijn superbelangrijk in
Udana,' onderbrak Filou haar vriendin. 'Bovendien heeft
zij verstand van toverij en zo.'

'Oh.'

Weer dat korzelige. 'Je weet het toch, hè?' vroeg Filou
ineens bezorgd. 'Dat Evianne belangrijk is.'

'Tuurlijk,' bromde Karin met haar kin op haar knieën.
'Ja hoor.'

Een tijdje was ze stil. Filou keek bezorgd naar haar. Ze
had een ongemakkelijk gevoel in haar buik. 'Karin?'

Maar toen tilde haar vriendin haar hoofd op. 'Hé Filou!'
zei ze langzaam. 'Ik bedenk me ineens: jij kunt haar niet
gaan zoeken, maar ík wel! En als ik haar vind, dan kunnen we er met z'n drieën op af!'

Filou schoot rechtop en haar ogen begonnen te glanzen.
'Wil je dat doen?' vroeg ze. 'Super! Ik denk... de kerk!
Ze weet dat Shohana daar zit.' Maar toen zweeg ze weer.
'Maar we moeten het háár vragen, ja, of je meekunt.'

Karin zweeg en fronste haar wenkbrauwen. 'Oh!' Toen

haalde ze haar schouders op en liet zich van het bed glijden. 'Jij je zin! Ik ben al weg.'

Ze glipte de kamer uit, zonder nog gedag te zeggen. Haar voetstappen verwijderden zich over de gang en toen hoorde Filou haar stem op de trap. 'Hé, pa. Ik ga even naar buiten, ja? Ben er zo weer!'

Het antwoord was onverstaanbaar, maar even later klapte de achterdeur.

Filou gluurde door het raam naar buiten en zag haar vriendin de straat oversteken. Ze kruiste haar vingers. *Laat haar Evianne snel vinden. Dat moet!*

De bel ging.

Het geluid was hard en boos en deed zeer aan haar oren. Filous ogen vlogen open en ze staarde een ogenblik verward om zich heen. Waar was ze? *Thuis.*

Even bleef ze liggen, terwijl haar droom langzaam uit haar hoofd verdween.

Shohana.

Ze had over haar gedroomd, daarboven op de zolder. De tovenares had met haar rug naar Filou gezeten en ze had geroepen: 'Ik ben terug!' En toen had Shohana zich omgedraaid, maar ze was níét Shohana. Ze was mevrouw Bruinsma en ze krijste...

Trííng!

Voetstappen in de hal. De deur ging open en ze hoorde de gedempte stem van haar moeder.

'U... Ach... Dat is heel aardig... Alleen...'

Een antwoord dat ze niet kon verstaan.

Weer haar moeder: 'Maar... Nou goed...'

Toen: voetstappen op de trap en een zacht klopje op de deur. 'Filou? Lieverd? Heb ik je wakker gemaakt?'

'Ja. Nee! Ik was al wakker geworden van de bel.'

'Er was iemand voor je.' Mama klonk aarzelend.

'Wie dan?'

'Mevrouw Bruinsma,' zei haar moeder.

'Wát!?' Filou schoot overeind.

'Ze wilde je graag zien, maar dat heb ik afgehouden. Toen heeft ze me dit gegeven. Het is echt heel aardig van haar.'

Mama kwam de kamer binnen en legde een pakje op Filous dekbed. Aarzelend boog Filou zich ernaartoe. De haartjes in haar nek kwamen overeind. Koud zweet vormde druppeltjes op haar voorhoofd. Het papier was groen met zilveren sterretjes. Ze trok het kapot. Trillende vingers. 'Een boek?'

Het lag met de achterkant omhoog. Filou draaide het om.

'Oh!'

De titel knalde van de kaft in geel met groene letters: *Gevangene in een vreemde wereld*.

Filou schudde haar hoofd. 'Nee,' fluisterde ze.

'Wat bedoel je, Filou? Wat is er?'

Brenaris.

'Laat haar weggaan,' mompelde Filou. Ze duwde het boek van zich af. 'Ik wil het niet.'

Mama pakte het boek terug. 'Ze ís al weg, lieverd. Wat ís er?' Ze fronste. 'Ik had je met rust moeten laten, denk ik. Probeer nog te slapen.'

Ze schoof de kamer uit en keek om op de drempel. 'Ik ben zo blij dat je er weer bent,' zei ze toen. 'Je weet niet half hoe blij.'

Haar voetstappen verdwenen in de gang. Filou staarde voor zich uit met nietsziende ogen. Brenaris. Oh, de boodschap was duidelijk. *Ik weet dat je terug bent. Ik weet waar je bent geweest. Ik wacht op je.*

'Evianne. Waar bén je?' zuchtte Filou.

9. Verraad

De agent had gele vlekken op zijn vingers van het roken. Hij mocht zijn nagels ook wel eens schoonmaken. Hij roffelde op de toetsen van zijn laptop, gaf een harde tik op enter en keek Filou over zijn bril aan. 'Er zijn nog een paar dingen die ik niet begrijp,' zei hij.

Filou probeerde er zo onschuldig mogelijk uit te zien. 'Ik heb alles toch uitgelegd? Ik ben gewoon heel veel vergeten.'

'Ja, ja, dat begrijpen we, natuurlijk.' De man keek snel naar Filous moeder, die naast haar zat. Hij was vast bang dat ze hem weg zou sturen, als hij te streng werd. *Gelukkig maar.*

'Maar die Eva… Wáár had je haar nu ontmoet?'

'Dat zei ik toch: bij de rivier!'

'Je zei dat je in het woonwagenkamp geweest was. Maar daar kent niemand jou. En Eva kennen ze ook niet. Nu kan het zijn dat die mensen iets achterhouden, maar…'

'Ik was niet ín het kamp,' zei Filou. 'Ik dacht alleen dat Evi… Eva daarvandaan kwam.'

'Maar je zei dat haar moeder je die jurk had gegeven?'

Filou beet op haar lip. Verdórie! Hier was ze al bang voor geweest. Maar ze had ook verwacht dat zij en Evianne meteen Shohana zouden gaan bevrijden. Evianne bleef alleen spoorloos. Karin had haar niet kunnen vinden en Filou werd steeds bezorgder. Waar zát de Waterdraagster?

'Ik wéét het gewoon niet meer!' zei ze, en ze probeerde er zielig uit te zien. 'Het is zo'n warboel in m'n hoofd.'

'Rustig maar!' zei de agent haastig. 'Ik wil je niet opjagen. Maar juist omdat je veel dingen niet meer weet, proberen we...'

De man werd zenuwachtig. Filou greep naar de hand van haar moeder en keek haar smekend aan. 'Mama? Hoe lang duurt dit nog? Ik ben moe.'

Haar moeder reageerde precies zoals ze hoopte. Ze schoof haar stoel achteruit en ging staan. 'Agent Jongman, ik begrijp dat u uw werk moet doen, maar mijn dochter heeft een moeilijke tijd achter de rug. Misschien kunt u morgen terugkomen? Het is wel even genoeg geweest.'

De agent keek naar Filou, toen naar zijn laptop en toen naar Filous moeder. Uiteindelijk knikte hij. 'Oké. U hebt gelijk, denk ik. Misschien kunt u zelf nog proberen met haar te praten? Dan kom ik morgen terug.'

Filou deed vanbinnen een dansje. *Yes!*

'Zullen we zeggen: dinsdag tien uur? Schikt dat?'.

Mama knikte, gaf de agent een hand en liep met hem mee naar de voordeur. Die klikte open en weer dicht. Stilte in huis.

Maar Filou staarde met grote ogen voor zich uit. Morgen dínsdag? Dan had ze zich vergist en was het vandaag...

'Maandag,' fluisterde ze zacht. *Biebdag.*
Het móést vandaag.

'Dan doen we het toch samen?'
Karin leunde achterover op Filous bed. Haar haar viel half
voor haar gezicht en ze had haar zonnebril op alsof ze een
filmster was. 'Je moet het zo zien: ik kan niet toveren en ik
weet niks van Udana. Maar ik ben wél handig. En ik ben
je vriendin. Als ik het zo hoor, dan moet die Shohana in
elk geval van die zolder af. En als we dat voor elkaar hebben, nou, misschien heeft ze zelf ook wel ideeën over hoe
ze naar huis kan komen. Gelukkig heb jij die Steen bij je
gehouden.'
'Hmmm.' Filou dacht na. Het klonk zinnig, wat Karin zei.
Ze hadden geen tijd meer en vanavond was de beste kans
om in de oude kerk te komen. Maar het voelde als verraad
om het zonder Evianne te doen.
'Tja, Evianne is er zelf vandoor gegaan, toch?' zei Karin.
'Misschien wil ze wel niet terug naar Udana. Zei je niet dat
ze altijd heel geïnteresseerd was in andere werelden? Misschien durfde ze je dat niet te vertellen.'
Filou vond het moeilijk te geloven. Aan de andere kant:
hoe goed kende ze het meisje nou echt? Ze had alleen een
paar keer met haar gepraat. En Evianne had haar geholpen
natuurlijk, maar…
Wat als ik me in haar heb vergist?
Karin was nu al drie keer op zoek gegaan naar de Waterdraagster. Urenlang had ze door het dorp gezworven en

gevraagd naar een blond meisje in een grijze jurk. Maar geen spoor. Filou zelf had ook gevraagd of ze mee mocht, maar dat vond haar moeder niet goed. 'Het is nog maar zó kort geleden, Filou. Blijf nog maar even thuis,' zei ze dan. Maar nu móést Filou naar de bibliotheek in de kerk. En ze had geen tijd om nog te zoeken.

Plotseling nam ze een besluit. 'Goed dan!' zei ze. 'We kunnen niet meer wachten.'

Karin begon te grijnzen. 'Gaan?' vroeg ze.

'Gaan.'

Hand in hand renden ze de trap af, naar de keuken. 'Mam! Mogen we naar de bieb?' Filous moeder was bezig de afwasmachine in te ruimen en keek verstoord op. 'Nu? Ik weet het niet hoor.'

Filou balde haar vuisten.

'Ma-ham! Ik word gek hier in huis,' zei ze. 'Ik móét frisse lucht hebben.'

Buiten tikte regen met felle druppels tegen het raam. Filous moeder trok haar wenkbrauwen op. 'Is dat niet een beetje érg fris?'

'Maakt niet uit. Ik verveel me dood. Ik heb niets meer te lezen en het is hartstikke benauwd. Je kunt me toch niet de rest van mijn leven binnenhouden?'

'En ik ga mee!' vulde Karin aan. 'Dus dan kan er toch niks gebeuren?'

'Please?' zei Filou.

'Multimegaplease?' zei Karin.

Filous moeder aarzelde nog altijd. Toen kwam Peter vanuit de woonkamer aanlopen. 'Johanna,' zei hij. 'Ze hebben gelijk, weet je. Je kunt ze niet binnenhouden.'

'Maar we weten nog altijd niet wat er gebeurd is.'

'Het is de bíéb maar, mam!' kreunde Filou. 'Wat kan er dáár nou gebeuren!'

En daar kon Filous moeder niet tegenop.

'Vooruit dan maar,' zei ze. 'Maar meteen terugkomen, ja? Anders word ik gek van ongerustheid.'

Filou knikte.

Karin knikte.

Maar ze hielden hun handen in hun zakken en hun vingers gekruist.

Het smeedijzeren hekje piepte. Regen maakte het pad glad en kale struiken bogen voorover in de wind. Boven de ingang van de kerk brandde een bleek lampje. De kerkdeur stond op een kiertje.

Filou stond stil. Nu ze hier was, recht voor het hek, voelde ze pas goed wat ze van plan was. Wat dacht ze nou wel? Een meisje van elf tegen een tovenares? Haar hand kroop onder haar jas, waar de Sleutelsteen hing. Zou ze het kunnen, zonder Evianne?

'Kom! Nou niet schijterig gaan doen, joh,' siste Karin. 'Je bent niet alleen of zo!'

Nee.

Ze trok haar vriendin mee het glibberige paadje op. Druppels tikten fel op de bladeren die de bodem bedekten. Ergens kraakte een tak en Filou sprong achteruit van schrik. Vroeger had ze nooit nagedacht over vampiers en mummies en skeletten en andere dingen die rondslingeren op een kerkhof. Maar nu wist ze dat toverij echt bestond, en dat maakte het toch anders allemaal.

Achter hen schraapte iets. Steen over steen.

Filou draaide zich met een ruk naar links. Daar, naast een grafsteen die zo oud was dat de inscriptie was vervaagd, zag ze een schim. De grijze vorm kwam in beweging en zweefde op hen af.

Kippenvel op haar armen.

Karin graaide naar Filous hand. 'Wat heb jij? Schiet op!'

'Kijk!'

Karin volgde haar blik en verstijfde. Toen knepen haar vingers stijf om die van Filou en ze trok. 'Wég hier. Opschieten, gek!'

Filou schudde haar hoofd. Een deel van haar gaf Karin gelijk en wilde rennen. Maar een ander deel zag iets dat ze kende. Ze beet op haar lip en dwong zichzelf goed te kijken. 'Evianne?' vroeg ze aarzelend. 'Ben jij dat?'

'Wie anders?'

De grijze vorm kwam dichterbij en nu herkende Filou haar echt. Nat was ze, verfomfaaid en vuil. Ze had een scheur in haar grijze rok en haar haren waren hopeloos in de war. Ze leek lang niet meer zo magisch als eerst.

'Ik heb op je gewacht,' zei Evianne. 'Bij de kerk, want daar is Shohana, zei je. Maar je kwam niet.' Ze zweeg even. 'Waar was je?'

'Oh,' fluisterde Filou. 'Meen je dat? Maar we hebben je toch gezocht! Tenminste, Kárin heeft je gezocht. Maar ze kon je niet vinden. En mijn moeder wilde me niet laten gaan. De politie kwam. Die zoekt je ook!'

Ze keek rond. Waar had de Waterdraagster geslapen? Het was winter. Het was koud!

Toen zag ze een primitief hutje van landbouwplastic dat over twee oude grafstenen was getrokken. *Heeft ze dáár...?*

'Waterdraagsters hebben geduld,' zei Evianne, alsof ze Filous gedachten had gelezen. 'We wachten op het moment dat we het water mogen halen. We wachten tot de Boom ons roept. En de Boom heeft zijn eigen tijd.'

Filou veegde een natte pluk haar uit haar ogen. 'We dachten, ík dacht, we moesten doorgaan! Vandaag is het maandag.'

Evianne hield haar hoofd schuin. Haar blik dreef van Filou naar Karin. 'Wat doet zíj hier?'

Nu zette Karin een stap naar voren. Ze bewoog zich een beetje stijfjes. Gek, vond Filou. 'Ik ben haar vriendin. Haar béste vriendin,' zei ze.

'Oh?'

'Ik ken haar anders al heel lang hoor, en...'

Maar Evianne liet haar niet uitpraten. 'Jij zei dat ze ziek was. Dat ze niet meer zou komen!' zei ze scherp. 'Je zei: "Ga maar weer naar huis. Filou komt niet."' Ze knikte naar een stenen tuinbank onder een oude treurwilg. 'We praatten. Dáár. En toen ging je weer weg.'

'Niet!' zei Karin scherp. 'Ik heb gezocht. Ik heb geroepen.'

Het regende dat het goot. Maar Filou proefde een vreemde, droge smaak in haar mond.

'Karin.' Ze klonk schor. 'Is dat zo? Heb je gelógen?'

Haar vriendin keek opzij en Filou herkende de glans in haar ogen maar al te goed. Die was er ook wanneer ze de juf voor de gek hield. Of haar vader.

'Nou!' Karin trok haar schouders hoog op. 'Je hebt haar toch niet nodig? Je hebt míj. Jij en ik zijn al zo lang samen en nu ineens wil je met haar!'

Ze zweeg, slikte en stak haar kin naar voren. Toen zei ze: 'Zo gek is dat toch niet? Denk na!'

Filou schudde haar hoofd. In haar hoofd hoorde ze de stem van Karin. *Misschien is ze wel teruggegaan. Wat weet jij ervan?*

'Dus je hebt ons voor de gek gehouden. Mij én Evianne?' Stilte.

'Je probeerde ons uit elkaar te halen?'

Plotseling had Filou het koud. Maar het kwam niet van de regen, of de wind. De vriendin die ze haar hele leven al kende, had tegen haar gelogen! 'Hoe kón je!' zei ze ten slotte. 'Het was zó belangrijk!' Ze schudde haar hoofd. 'Het is verráád gewoon. Waarom?'

'Je hebt haar niet nodig,' zei Karin fel. 'Het is Evianne dit, Evianne dat. Maar ík ben je vriendin. Ik!'

'Oh!?' Filou balde haar vuisten. 'Zo'n vriendin hóéf ik niet. Ga maar weg!'

Toen draaide ze zich met een ruk weg van Karin en wenkte de Waterdraagster. 'Kom Evianne. Het is bijna halfacht. We moeten opschieten.'
Evianne stond heel stil. Toen volgde ze Filou.
Karin bleef achter.

De hal van de kerk was leeg. Op de rode stenen glansden vochtige voetstappen. Een paar klompen stond naast de deur van de kerkenraadkamer, waar nu de bibliotheek was. Filou hoorde stemmen aan de andere kant. 'Hierlangs,' fluisterde ze.
Evianne volgde haar naar de wenteltrap. De Waterdraagster bewoog zich als een spook: licht zwevend en zonder geluid.
Filou zette haar voeten op de onderste trede. *Krghk.*
'Sst!' deed Evianne.
Filou trok een gezicht en probeerde zich licht te maken. *Omhoog.*
Het uurwerk van de klok begon te ratelen. Filou verstijfde en Evianne botste bijna tegen haar aan. Doodstil wachtten ze op de slag, maar die kwam niet. O ja. De toren slaat alleen op de hele uren.
Het overloopje. Verder omhoog. En dan…
De zolder.
Filous hart hamerde en zelfs Evianne had een zenuwachtige blik in haar ogen. Logisch. Voor Filou was Shohana gewoon Shohana. Maar voor Evianne was ze de lang verloren Opvolgster. Legendarisch.

'Klaar?' vroeg Filou. Haar stem was schor.

Evianne knikte. 'Klaar.'

Filou duwde de deur open en knipte het licht aan. De zolder lag koud en leeg voor hen. Stof dwarrelde op door de tocht van de deur.

'Daar!' wees Filou.

Het haastig getimmerde wandje stond er nog net zoals de vorige keer. 'Shohana!' riep ze gedempt. 'Ik ben het, Filou. Ik ben terug. Ik heb hulp!'

Geen antwoord.

Filou doorkruiste de ruimte. Ze lette niet op het vervaarlijke gekraak van de planken en duwde de deur open. Ze voelde de prikkeling van de betovering die Shohana al zo lang had vastgehouden. Even, héél even, moest ze denken aan die cel in Udana en de betovering die haarzelf had tegengehouden.

'Shohana.'

Geen antwoord. Filou begon te vrezen dat ze te laat waren. Zou die valse Brenaris definitief met haar vijand hebben afgerekend? Misschien was ze zenuwachtig geworden, want ze wist dat Filou haar op het spoor was en de Steen was gevonden.

Maar toen zwaaide de deur helemaal open en zag Filou haar zitten in haar groenfluwelen stoel. Haar handen lagen in haar schoot, de dunne, benige vingers die ooit lang en slank waren geweest, verstrengeld. Haar ogen lichtten op.

'Filomena,' zei ze.

Haar lippen krulden en Filou zag vergeelde tanden. 'Je

bent me niet vergeten. Ik vreesde het, terwijl ik wachtte in de stilte, terwijl de maan afneemt en Brenaris me uitlacht en kwelt.'

Filou stapte naar voren en boog zich over haar heen. 'Ik kon niet sneller, Shohana,' zei ze. 'Echt waar. Ik heb de Sleutelsteen gevonden in de oude haven, zoals u zei. Maar u weet dat ik alleen op maandag kan komen. En toen kwam Brenaris.'

'Brenáris? Wat deed ze?'

Filou maakte een sussend geluidje. 'Ze wilde dat ik de Steen aan haar gaf, maar dat heb ik niet gedaan, hoor! En toen, toen belandde ik in Udana.'

'Wát?'

'Alles is goed gekomen. Ze wachten op u, Shohana. En er is iemand meegekomen!'

Zag Filou schrik in de ogen van de oude tovenares? 'Een dochter van mijn land? Toch niet Ta...?'

Evianne had al die tijd in de schaduw van de deur gestaan. Nu zette ze een pas naar voren en knielde voor de oude vrouw.

'Geëerde Opvolgster. Redster van Udana.'

Shohana staarde op haar neer. Er trok een spiertje om haar mond. Toen ademde ze langzaam uit en ontspande. 'Een Waterdraagster? Ach... Hoe heet je, meisje?'

'Evianne, geëerde Opvolgster. Ik kom om u terug te brengen naar Udana. Ik bracht water van de Bron!'

Shohana's handen klemden vaster in elkaar. Alsof ze zich moest inhouden.

'Wáter! Ja, ja! Dat is goed. En Filomena heeft de Steen.
Laten we dan opschieten.'
Ze kwam overeind. Haar oude benen trilden.
'Geëerde Opvolgster,' zei Evianne nog een keer. Ze boog
zo diep dat haar voorhoofd de grond raakte.
'Schiet nou maar op,' mompelde Shohana.

In Udana is water kostbaar. Niet voor niets vervoeren
Waterdraagsters het in zilveren kannen. En wanneer het
wordt uitgeschonken, zingen ze een lied voor de Boom.
Water is magie.
Dat lijkt gek, wanneer je in een land woont met water dat
neerslaat in striemende regens. Met water om te douchen
en om de auto te wassen. Met water om 's zomers in te
zwemmen en 's winters op te schaatsen. Maar voor Filou
zou water nooit meer vanzelfsprekend zijn.
Evianne haalde de zilveren fles tevoorschijn, die ze sinds
haar vertrek uit Udana bij zich had gehouden. Ze deed het
met kalme, bijna eerbiedige bewegingen. Shohana's mond
vertrok, terwijl ze naar voren boog. Haar ogen glansden
hard en gretig. Plotseling moest Filou denken aan de ogen
van Brenaris. Onverzoenlijk. En hard.
'Hebt u een zilveren kom?' vroeg Evianne voorzichtig.
De oude vrouw trok haar schouders op. 'Het maakt geen
verschil, Waterdraagster. Of je het uitgiet op de vloer of
in een van je zilveren kommen. De kracht van het pure
water is genoeg.'
Evianne zette geschokt een stapje terug. 'Shohana... ge-

eerde Vrouwe,' hakkelde ze. 'Het is lang geleden, natuurlijk. Maar…'

'Niemand weet dat beter dan ik, Waterdraagster,' zei de oude vrouw scherp. 'Ík heb gewacht. Ík was beroofd van licht en lucht. Míj is ontnomen wat mij toebehoorde.'

Filou huiverde plotseling. Er hing iets in de lucht dat haar niet beviel.

'Het was een kwade dag dat Tamisha mijn zuster gaf wat van míj was. De Sleutelsteen behoorde mij toe. Als ik hem haar niet had ontfutseld, als zij me niet…'

Evianne kromp in elkaar.

'Natuurlijk, geëerde Shohana,' zei ze haastig. 'Natuurlijk.'

Maar Filou fronste haar wenkbrauwen.

'Shohana,' zei ze zacht. 'De Sleutelsteen was u toch gegeven? De Sleutelsteen behoort toch aan de Opvolgster?'

Shohana's ogen schitterden, terwijl ze met een ruk haar hoofd naar Filou keerde. Ze leek iets te willen zeggen, maar schudde toen haar hoofd. 'Ja!' zei ze. Haar stem had weer die berustende klank die Filou kende. 'De opwinding wordt me een beetje te veel. Veertig jaar, meisjes. Veertig jaar. Vergeef me.'

'Natuurlijk, geëerde Shohana,' zei Evianne haastig. 'We zullen doen wat u zegt.'

Evianne trok de stop van de fles. Het maanzilver leek vlammend oranje in het rode licht.

'Uw handen, Shohana,' zei ze zacht.

Shohana strekte haar benige, oudevrouwenhanden uit.

Evianne begon zacht te zingen. Het was een lied dat deed denken aan het lied dat Tamisha had gezongen, toen in de cel van het Paleis. Filou hoorde alleen de toon van haar stem, terwijl waterdruppels uit de Bron Shohana's huid raakten. Ze voelde de prikkeling van magie die zich samentrok. En ze zag.

Gerimpelde huid werd glad. Gele, vergroeide nagels begonnen te glanzen en de witte waas in Shohana's ogen loste op als mist. Haar haren werden weer vol en vielen glanzend over krachtige, slanke schouders. Shohana werd een prachtige, sterke, jonge vrouw.

Niet zomaar een vrouw, dacht Filou. Een tovenares.

Ze strekte haar hand uit, de wijsvinger naar voren. 'De deur,' zei ze.

Haar stem was als een mes. Evianne keek haar onzeker aan, maar gehoorzaamde wel. Ze liep naar de drempel en druppelde water op het hout.

Het siste. Een dun sliertje stoom kringelde omhoog van de planken.

Evianne zong niet meer. Ze klemde de fles tegen haar borst.

Shohana lette niet op haar. Haar priemende blauwe ogen richtten zich op Filou. Ze stak haar hand uit. 'Geef me de Sleutelsteen,' beval ze.

Filous mond werd droog. Haar hart bonsde. Maar haar handen pakten het koord waar de Steen aan hing, en tilden het over haar hoofd alsof iemand anders haar handen bestuurde.

Het uurwerk van de torenklok ratelde en de klok begon te slaan. *Dong, dong.*

Acht uur.

Beneden in de hal klikten voetstappen op de kale stenen.

'Schiet op,' siste Shohana. 'Schiet op, voordat zíj komt.'

Filou slikte. Haar keel deed pijn. Plotseling voelde dit, alles, verkeerd. Maar ze kon het niet tegenhouden. Het koord met de Steen bungelde aan haar vingers. Shohana griste hem eruit en hing hem om haar eigen hals. En de betovering die Shohana zo lang gevangen had gehouden, loste op.

'Eindelijk,' fluisterde Shohana. 'Eindelijk is het zover.'

Ze gooide haar hoofd in haar nek en schreeuwde: 'Eindelijk, mijn lieftallige zuster. Nu zullen we zien wie de sterkste is.'

Filous mond werd droog. 'Evianne,' fluisterde ze.

Toen hoorde ze snelle voetstappen op de trap. Een bons. De deur van de zolder vloog open.

Mevrouw Bruinsma! Haar haren waren los, ze droeg geen bril meer en haar ogen schoten vuur. 'Jij!' siste ze.

Toen zag ze Filou, die bevend bij de deur van het kamertje stond, en Evianne met de zilveren fles nog tegen haar borst. En de natte plek op de vloer.

De bibliothecaresse werd doodsbleek. 'Nee,' fluisterde ze.

Shohana rechtte haar schouders. Plotseling leek ze langer en de prikkeling van magie was overal om haar heen. Ze glimlachte. 'Het is tijd, lieve zuster,' lispelde ze. 'Lieve... Shohana.'

10. Twee zusters

Wie was wie?

Mevrouw Bruinsma stond in de deuropening op de drempel van de kerkzolder. Ze stak haar hand op, alsof ze op die manier de andere tovenares kon tegenhouden. Maar wie was ze? Brenaris? *Shohana?*

'Wat is er aan de hand?' vroeg Filou. Haar stem trilde. 'Shohana? Wat gebeurt er?'

De tovenares schudde haar haren, die nu lang en dik over haar schouders golfden. Ze bekeek Filou met een minachtend glimlachje. 'Dom kind,' zei ze. 'Wat was jij gemakkelijk voor de gek te houden.'

Filou kromp in elkaar. De blauwe ogen waren ijskoud en maakten haar bang. Voor deze vrouw was ze minder dan een vlieg.

De tovenares keerde zich naar mevrouw Bruinsma. Die leek klein, breekbaar en vooral oud. Helemaal niet meer dreigend en gevaarlijk. *Hoe kon ik dat ooit denken?*

'Jij dacht toch niet dat het je zou lukken? Niet werkelijk?' Haar stem droop van vergif. 'Arme Shohana, al die jaren opgeofferd om te zorgen dat ík niet vrij kon rondlopen. Zodat ik de Sleutelsteen niet kon pakken en alle werelden, alle landen naar mijn hand kon zetten. En nu ben ik vrij en mijn magie zal me machtig maken. Waar ik maar wil!' Ze glimlachte. 'Ik zou zelfs terug kunnen keren, zuster. Zouden ze het merken, denk je?'

Ze lachte spottend en Filou kreeg het ijskoud. Plotseling begreep ze wat er aan de hand was. Shohana wás helemaal niet Shohana. Shohana was Brenaris en mevrouw Bruinsma was de echte Opvolgster van Udana. En dus... *Evianne en ik hebben een kwaadaardige tovenares vrijgelaten.*

Ze staarde met grote ogen van Shohana naar Brenaris. Naast haar begon Evianne zachtjes te snikken. 'Vrouwe.' Haar stem trilde. 'Geëerde Vrouwe. Vergeef me.'

Mevrouw Bruinsma keek naar het meisje in haar vuile, gescheurde jurk. Er staken takjes uit haar haren en ze klemde de maanzilveren fles met witte vingers tegen haar borst. Ze zuchtte diep en glimlachte berustend. 'Brenaris, mijn zuster, is er goed in mensen voor de gek te houden,' zei ze ten slotte. 'Dat weet ik maar al te goed.' Daarop wierp ze een blik op de tovenares: 'En jij, Brenaris, vergist je. Je bent níét vrij. Ik ben hier om je tegen te houden. Dat heb ik eerder gedaan en ik zal het weer doen.'

'Ha!' spotte Brenaris. 'Maar ík heb het water van de Zwarte Bron op mijn handen gevoeld. Deze keer kun je niet tegen me op, Shohana! Jij bent oud en ik ben weer jong. Jij bent zwak, maar ik ben sterk. Voel!'

Zo begon het.

Brenaris hief haar hand op en wilde iets in de lucht schrijven. Maar mevrouw Bruinsma was sneller. Ze zei iets in de zangerige taal van Udana – toverwoorden die Filou niet kon verstaan. En boven haar hoofd trok zich mist samen in een witte, ondoorzichtige bal. Mevrouw Bruinsma wees met haar wijsvinger – lang en dun. De mist vervormde en schoot als een pijl naar haar tegenstander. Daar viel hij uiteen in slierten en wikkelde zich om haar heen. Een ogenblik lang leek Brenaris te verliezen. Ze liep rood aan, terwijl ze worstelde met de betovering.

Maar het duurde niet lang. Brenaris wuifde met haar hand en de neveltouwen spatten uiteen. De tovenares rechtte haar rug en liep naar mevrouw Bruinsma. Haar mond was een kille streep. Haar ogen spuwden vuur.

Filou staarde met grote ogen naar het tweetal. *Heksenstrijd.* Dit was een krachtmeting tussen twee vreselijk machtige vrouwen.

Woorden stroomden van mevrouw Bruinsma's lippen. Haar vingers bewogen en soms verscheen er weer een sliertje mist. Maar dan blies Brenaris en de nevel loste op.

Natte plekken verschenen in Shohana's nette blouse. Ze stak haar hand uit alsof ze Brenaris wilde tegenhouden. Maar die stopte niet en bewoog langzaam naar de uitgang van de zolder.

Shohana haalde diep adem. Haar gezicht glom. Haar handen trilden, al kon Filou niet zien wat er zoveel kracht kostte. Maar ze vócht. En dreigde te verliezen.

Nog een paar passen, dan is ze bij de uitgang.

Toen hoorde Filou een dunne, wiebelige stem. Evianne! De Waterdraagster was rechtop gaan staan. Ze had haar handen in elkaar geklemd, alsof ze aan het bidden was. En

143

ze zong. Eerst beverig, maar al snel klonk ze luider en feller. Vergeleken bij Shohana en Brenaris had ze misschien maar weinig kracht. Maar wat ze had, probeerde ze te geven om Brenaris tegen te houden. En het werkte: de tovenares bewoog zich langzamer, moeilijker.

En toch was het niet genoeg.

Brenaris was sterk door de kracht van de jeugd en de magie van de Boom. Shohana verzwakte met elke seconde.

En Evianne was maar een meisje.

Haar stem werd zwakker. Het heldere verdween uit haar lied. De Waterdraagster haperde en begon te hoesten.

Toen bereikte Brenaris haar rivale. 'Geef me de sleutel van de bibliotheek, zuster,' zei ze. Haar stem schraapte langs Filous oren. 'Je kunt me niet verslaan.'

Shohana kreunde. Haar knieën knikten en ze leunde zwaar tegen de deurpost. Brenaris strekte haar hand uit, de palm naar boven. 'Nu, zuster!'

En Shohana gehoorzaamde. Ze reikte in haar zak en haalde heel langzaam de grote, zwarte, ijzeren sleutel tevoorschijn waarmee ze elke keer de deuren opende en weer sloot. Ze likte langs haar lippen toen ze hem in Brenaris' hand legde. Toen gleed ze naar de grond, alsof een onzichtbare hand haar omlaag had geduwd.

'Verwaande trut,' siste Brenaris. 'Dat je hier mag rotten tot het einde komt.'

Ze bewoog haar hand. Mevrouw Bruinsma kromp in elkaar en rolde zich op als een bang kind. Daarna bewoog ze niet meer.

Ook Evianne zakte op de grond, zo slap en wit als een beddenlaken.

Daarna wist ook Filou helemaal niets meer.

Het zwart ging niet weg.

Filou opende haar ogen, maar het was nog altijd donker. Ze hoorde het waaien van de wind, het kletteren van de regen. Was ze alleen?

Ze balde haar vuisten. Haar vingers gehoorzaamden, al voelden ze vreemd en stijf. Maar haar hoofd zwom. *Misselijk.*

Ze likte haar lippen en proefde iets zoutigs. Tranen. En bloed omdat ze op haar lippen had gebeten toen...

Ze kromp in elkaar toen de herinnering terugkwam.

Brenaris was te sterk geweest. Shohana – de echte Shohana – had verloren. Nu liep er een kwaadaardige tovenares rond die met de Sleutelsteen overal heen kon reizen waar ze wilde. 'Oh nee,' kreunde Filou.

Mijn schuld.

Ze strekte haar hand uit. Ze tastte om zich heen. Daar was iets!

Evianne.

Ze krabbelde overeind en voelde de stof van de jurk en het koele zilver van de waterfles. Het meisje bewoog niet.

'Evianne!' fluisterde ze. 'Word wakker!'

Haar vingers tastten over het gezicht van het meisje en ze voelde adem op haar hand. Niet dood.

Filou werd rustiger. Ze duwde zichzelf overeind. Wankelend liep ze in de richting van de deur. *Ik moet licht hebben.*

Bijna struikelde ze over Shohana – of mevrouw Bruinsma. De bibliothecaresse lag languit voor de deur naar de trap. Brenaris moest over haar heen zijn gestapt, toen ze wegging. Filou vond de schakelaar en knipte het licht aan.

Ze was zo stil. Haar dunne haren lagen in een waaier over de stoffige grond. Strepen van zweet en vuil tekenden haar bleke gezicht. Filou kon zien dat ze pijn had gehad, alsof de lijntjes in haar gezicht waren gedrukt. Maar nu leek het alsof ze sliep.

Filou ging naast haar zitten. 'Mevrouw Bruinsma.'

Geen reactie.

'Geëerde Opvolgster. Shohana!'

Niets.

Filou keek om zich heen. Op de kale zolder was niets om het Shohana wat gemakkelijker te maken. Maar toen viel haar blik op de open deur van het kamertje waar Brenaris opgesloten had gezeten. Daar! Ze liep erheen en haalde de deken en het kussen, die op de stoel waren achtergebleven. Met de deken dekte ze Shohana toe. Het kussen schoof ze onder haar hoofd. *Zo dan.*

Meteen daarna haalde ze nog een deken voor Evianne en goot een beetje sap uit een pakje in een gebutst glas. Dat zette ze Evianne aan de lippen. 'Toe. Het zal je goed doen,' fluisterde ze.

De Waterdraagster slikte, maar werd niet wakker. Moedeloos liet Filou haar hoofd weer op de planken zakken.

146

Helemaal alleen.
Wat nu?

De deur naar het vergaderzaaltje was op slot. Filou liep verder naar beneden en probeerde de deur naar de bibliotheekkamer. Ook dicht. En natúúrlijk had Brenaris de grote voordeur achter zich op slot gedaan. Ze wilde hun niet de kans geven haar te achtervolgen.

Filou zuchtte. Dit had ze eerder meegemaakt.

Ze duwde haar voorhoofd tegen het ruwe hout van de voordeur. Ze dacht aan haar moeder, die ongerust moest zijn. Alweer. 'Wat ga je doen, Filou?' vroeg ze zichzelf, want er was niemand anders.

Toen...

Het was een zacht geluid, bijna onhoorbaar. Maar Filous hart begon te hameren. De voetstappen – het moesten voetstappen zijn – stopten voor de deur. Filou balde haar vuisten. Wat kon ze doen als het Brenaris was?

Tok... tok-tok.

Filou werd slap van opluchting. *Brenaris zou niet kloppen.*

Een stem: 'Filou!' En toen ze niet meteen antwoord gaf: 'Filou! Evianne! Zijn jullie daar?'

Karin.

Filou kon wel huilen van blijdschap. 'Karin!'

'Filou! Waar blijf je? Ik durfde niet zonder jou naar huis te gaan, maar je kwam maar niet!'

'Ssht!' siste Filou.

Karin zweeg even. Toen: 'Wat is er misgegaan?'

'Alles!'

Filou haalde diep adem en bracht haar mond bij het sleutel-gat. 'De gevangene, de tovenares, was niet Shohana, maar Brenaris. Ze heeft ons voor de gek gehouden. Mevrouw Bruinsma was góéd, Karin. Maar nu is Brenaris vrij!'

Het bleef stil aan de andere kant. Filou wilde dat ze Karin kon zien, aanraken. Maar de deur was dik en onwrikbaar. 'Ik móét hieruit! Karin, help ons. Alsjeblieft?'

De stilte bleef. Filou was al bang dat Karin was weggegaan. Ze hoorde haar eigen woorden weer. *Ga maar wég!* Karin zou haar toch niet in de steek laten?

Maar toen bonsde haar vriendin weer op de deur en haar stem klonk vastberaden. 'De bibliotheek!' zei ze. 'Kun je daarin?'

Filou knikte tegen de dichte deur. 'Ja! Maar...'

'Goed.'

Karin was altijd al brutaal geweest. Ze durfde dingen die Filou niet durfde. Bedacht dingen waar Filou nooit op zou komen. Ze was immers drakenprinses.

Dat deed ze nu weer.

Filou hoorde hoe haar snelle voetstappen zich verwijder-den. En een halve minuut later hoorde ze weer getik. Niet op de deur deze keer, maar van binnen uit de kerk. *Uit de bibliotheek.*

Filou draaide zich om en rende naar de kerkenraadkamer. Ze deed het licht aan en keek even met knipperende ogen om zich heen. De grote gaskachel was uit, maar de kamer was nog vochtig warm. Een vergeten bibliotheekkaart lag op tafel.

'Filou!'

Karin was een schimmige gestalte achter het beslagen raam.

'Pas op hoor!' riep ze gedempt.

Toen...

Páts!

Glas spatte de kamer in en een grote steen miste Filou op een haar na. Het ding viel op de gevlochten vloermatten, net voor de kast met volwassenenboeken. Karins gezicht verscheen voor het gat. 'En nu máken dat je hieruit komt!'

Filou staarde met open mond naar het raam. Karin was al bezig de uitstekende scherven uit het kozijn te plukken. 'Toe nou!' riep ze. 'Straks heeft iemand het gehoord!'

Maar Filou schudde haar hoofd. 'Nee.'

'Wat bedoel je!'

'Evianne en Sho... mevrouw Bruinsma. Zíj zijn er nog. Bewusteloos.'

'Wát?' Even leek Karin uit het veld geslagen. Maar toen smeet ze haar jas over de kleine scherfjes die nog in het kozijn zaten, en kroop door de smalle opening naar binnen. 'Waar zijn ze?' vroeg ze. En toen, een beetje trots: 'Ik heb EHBO gedaan op school, weet je.'

Ze lagen er nog. Precies zoals Filou hen had achtergelaten. Mevrouw Bruinsma recht voor de deur van de zolder.

Evianne iets verder naar achteren. De tl-buizen zoemden en knipperden. Verder was het stil.

Karin liep eerst naar mevrouw Bruinsma. Logisch. Karin kende haar, ook al had ze haar nooit gemogen. De heks van de bibliotheek.

Ze voelde haar pols, als een echte dokter. Toen legde ze haar hand op haar voorhoofd en luisterde naar haar ademhaling. 'Dat is oké,' mompelde ze.

Vervolgens duwde ze mevrouw Bruinsma's kaak iets omlaag en voelde in haar mond.

'Ieuw!' deed Filou. 'Wat doe jij nou?'

'Dat moet,' legde Karin uit. 'Altijd controleren of iemand iets in zijn mond heeft waardoor hij kan stikken.'

Filou hield haar hoofd schuin. 'Jij liever dan ik,' zei ze.

Mevrouw Bruinsma maakte nog altijd geen enkel geluid. Karin legde haar rechterarm over haar borst en duwde haar rechterbeen een stukje omhoog. Toen rolde ze haar voorzichtig op haar zij. 'De stabiele zijligging,' legde ze uit.

'En nu?' vroeg Filou, die toch wel respect had voor Karins zelfverzekerde optreden.

Karin aarzelde. '112 bellen,' zei ze.

'Ja, dúh! Dat kán toch niet!' riep Filou.

Karin grimaste. 'Nou! Meer weet ik niet, hoor! De cursus zei niks over heksen en magische gevechten.'

Filou stak haar tong uit. Karin herhaalde wat ze had gedaan bij Evianne.

En toen...

Wachten.

Seconde na seconde vergleed. En er zitten maar zestig seconden in een minuut. Maar zestig minuten in een uur.
Dat is niet veel.

Brenaris was daarbuiten. Vrij. En zij zaten binnen met twee
bewusteloze mensen. En ze konden niets doen. 'Weet je
geen trucjes?' vroeg Filou voor de zoveelste keer. 'Vlug-
zout of zo? Wat ze in films gebruiken?'

'Dat zijn dus films,' bitste Karin.

'Iets anders?'

'Nee!'

Filou schudde haar hoofd. Ze boog zich voor de tigste keer
over Eviannes lichaam en luisterde naar haar ademhaling.
Ze moesten wakker worden. Ze moesten! En toen...

Er ritselde iets in haar zak.

Ze kwam overeind. Weer hoorde ze dat zachte knisperen.
Ze keek om zich heen en daarna omlaag naar zichzelf, en
plotseling wist ze wat ze hoorde. Het blad!

Haastig tastte ze in de zak van haar sweater. Daar! Het blad
van de Enige Boom, dat omlaag gevallen was toen ze alleen was in Tamisha's kamer. Het had in de grijze jurk gezeten, maar toen mama die weg wilde halen, had ze hem
in haar sweater gestopt. Het leek belangrijk het bij haar te
houden. Als herinnering. Of als talisman misschien.

Ze herinnerde zich de geur. Kruidig en bedwelmend als
een magisch parfum. En toen kreeg ze een gedachte. Raar.
Onlogisch.

'Misschien,' knikte ze voor zich uit. 'Misschien. Karin,
kijk eens!'

Een stukje van het droge blad brak af toen ze het tevoor-
schijn haalde. En op dat moment kwam de geur weer vrij.
Zoet, prikkelend en dromerig.
Karin kwam nieuwsgierig dichterbij. 'Wat is dat?'
'Een blad van de Boom,' zei Filou. 'Uit Udana.'
Haar hand trilde toen ze het bij Eviannes gezicht hield. Ze
veegde ermee langs haar wang. Kietelde onder haar neus.
Verbeeldde ze het zich, of werd de geur sterker?
Filou stopte. Ze snuffelde.
'Wow! Sterk spul!' zei Karin gespannen.
Nogmaals bewoog Filou het blad langs Eviannes neus. Haar
oogleden trilden. Ze bewoog haar lippen en smakte alsof
ze een droge mond had. En toen sloeg ze haar ogen op.
'Filou?' Ze klonk verbaasd. 'Filou, wat is er gebeurd?'
Filou kon wel gillen van blijdschap. Maar Karin was meteen naast haar en deed haar EHBO-ding. 'Hé Evianne! Blijf
rustig liggen. Je bent bewusteloos geweest.'
Filou trilde van de zenuwen toen ze opstond en naar Shohana ging. Ze knielde naast de oudere vrouw, brak nog
een stukje van het blad en verkruimelde het tussen haar
vingers. Deze keer ging het sneller. De geur van het blad
vulde de zolder al en Shohana begon sneller te ademen.
Toen sloeg ook zij haar ogen op.
Nu zag Filou haar pas goed. Haar ogen waren niet zo
koud als ze had gedacht: ze waren helderblauw en erom-
heen zaten kleine rimpeltjes. Haar handen... Filou had
gevonden dat ze op klauwen leken, maar nu ze zo rustig
lag, waren het gewoon de handen van een oudere dame.

'Mevrouw Bruinsma,' fluisterde Filou. Ze was even stil en slikte. 'Shohana. Hoe voelt u zich?'
De andere vrouw keek in Filous ogen. Haar hand bewoog zwakjes. 'Ik probeerde je te bereiken,' fluisterde ze schor. 'Ik wilde je waarschuwen. Maar nu heeft Brenaris de Steen. Na veertig jaar heeft ze toch gewonnen.'

Shohana had pijn. Wanneer ze zich bewoog, vertrok haar gezicht. Haar adem kwam met stoten. 'Uitputting,' oordeelde Karin.
'Ze heeft al haar kracht gebruikt voor het gevecht,' zei Evianne zachtjes.
De Waterdraagster was opgestaan en knielde nu samen met Karin en Filou bij de tovenares. Ze strekte haar hand uit en veegde een streng haar weg bij de mond van de oudere vrouw. Haar ogen waren vochtig. 'Oh Filou. Wat hebben we gedaan!' mompelde ze. 'Het zal tijd kosten, voor ze weer beter is. Ze heeft zoveel gegeven.'
Ze zweeg, maar Filou wist wat ze nog meer wilde zeggen. 'En nu is er geen tijd meer,' vulde ze aan. 'Ik weet het.'
Ze zag Karin verward kijken. 'Wat bedoel je?' vroeg ze.
Filou beet op haar lip. 'Weet je nog wat ik vertelde over Udana en de Opvolgster?'
Karin knikte.
'Mevrouw Bruinsma was de ware Opvolgster. En Brenaris is gevlucht met de Sleutelsteen.'
'Zonder de Sleutelsteen kunnen we geen poort maken,' ging Evianne verder. 'En zonder poort...'

'Kunnen we niet naar Udana,' zei Filou hees.

'Oh,' zuchtte Karin geschokt.

Filou kneep haar ogen dicht. Tranen prikten in haar ogen en keel. *Mijn schuld.* Als zij zich niet had laten inpalmen door de praatjes van Brenaris, als zij maar gewoon had gewacht tot Tamisha beter was... Mooie Redster was ze.

Toen voelde ze plotseling Eviannes hand om de hare. 'Je kon het niet weten,' zei ze. 'Je hoorde toch wat Shohana zei, dat Brenaris iedereen om de tuin leidt?' Ze zweeg even. Toen, met een lange blik op Shohana, zei ze: 'Het moet vreselijk zijn, wanneer je eigen zus zo slecht is.'

'Ja, dat lijkt me ook.' Filou dacht aan Karin en hun ruzie. Zou het tussen Brenaris en Shohana ook zo zijn begonnen? Of was Brenaris altijd al slecht en jaloers geweest?

Het was alsof Shohana haar hoorde. Want plotseling draaide ze haar hoofd in Filous richting. 'Nee,' fluisterde ze. 'Vroeger, toen we jong waren, waren we twee handen op één buik. Zussen en vriendinnen. We betekenden alles voor elkaar.'

Ze hoestte en Filou graaide naar het pakje sap. Karin legde een arm in Shohana's nek en hielp haar overeind totdat ze half tegen de deurpost leunde. Het glas was onvindbaar en daarom spoot Karin het laatste beetje sap zo tussen Shohana's lippen. Ze morste niet eens.

Mevrouw Bruinsma glimlachte bedroefd. 'Voor we naar het Paleis kwamen, om Waterdraagsters te worden voor de Vrouwe en de Boom, was alles goed. Maar daarna... Het leek wel alsof Brenaris overal beter in wilde zijn dan ik.'

Shohana hoestte en hees zichzelf meer rechtop. Haar stem klonk krachtiger toen ze verder praatte. 'Zíj wilde de mooiste, de sterkste, de vaardigste zijn. En ze wás ook degene die het eerst magie mocht gebruiken. Zij mocht het eerste water dragen. En elke keer als dat gebeurde, wreef ze het me in, vertelde ze me hoe goed ze was. Het maakte me niet uit. Ik gunde het haar. Bovendien, ze was ook de oudste. En ik bereikte wat ik wilde in mijn eigen tempo. Maar, ik zag Brenaris bozer worden. Ik heb haar vaak gevraagd wat er was, en dan werd ze kwaad. Ze zei dat ik me aanstelde en spoken zag. Maar dat was niet zo. Want uiteindelijk kwam de dag dat er een Opvolgster gekozen moest worden, degene die ooit de nieuwe Vrouwe zou zijn. En de keus viel op míj en niet op haar.'

Shohana brak af. Haar ogen staarden in de verte, maar ze zagen niet de zolder en ook niet Filou. Ze keken terug in de tijd.

'Brenaris werd doodsbleek toen ze het hoorde. Daarna liep ze zonder een woord te zeggen de zaal uit. Tamisha gaf me de Sleutelsteen, want die behoort de Opvolgster toe, en ik hing hem om mijn hals.'

Shohana's hand gleed omhoog, naar haar hals, en vond een lege plek. Ze schudde verdrietig haar hoofd. 'We sliepen samen op één kamer. Wij waren immers zusters. Die nacht werd ik wakker. De Sleutelsteen was verdwenen, de deur stond open en Brenaris was weg. Ik wist genoeg. De Boom helpe mij, ik was bang! Ik wist hoe sterk ze was. Toch ben ik haar gevolgd, op blote voeten door de nacht. De maan stond hoog en ik wíst dat ze naar de Zwarte Bron zou gaan.'

'Maar u kon haar niet meer tegenhouden?' vroeg Evianne schuchter.

Shohana schudde haar hoofd. 'Nee. Toen ze me zag, stond ze al aan de rand. Ze schreeuwde dat ik haar plaats had ingepikt. Dat zíj de Opvolgster had moeten zijn. Ze zei dat ze in een andere wereld de plaats zou krijgen die ze verdiende. Toen stapte ze door de poort. Wat kon ik anders dan haar volgen? Ik moest haar tegenhouden!'

Maar het was niet gelukt. Brenaris en Shohana kwamen in Watervoorde terecht en Brenaris had de Steen verstopt voor haar zuster haar vond en de strijd aanging.

'Ik wás sterk. Sterker dan ik had gedacht. En bovendien: Brenaris had de poort geopend en was moe. Daardoor slaagde ik erin haar te verslaan en hierboven te verbergen. Het was zondag, weet je. En de kerk was open. Later, toen de kerk alleen nog maar als bibliotheek werd gebruikt, ben ik bibliothecaresse geworden. Zo kon ik altijd voor haar zorgen.'

'Maar hebt u de Steen niet gezocht? Kon u Brenaris niet dwingen het u te vertellen?' Plotseling was Karin degene die de vraag stelde, gegrepen door het verhaal van mevrouw Bruinsma.

Shohana schudde haar hoofd. 'Ze is zó koppig. En ik had geen idee waar ik moest zoeken.'

Filou boog haar hoofd. 'En toen kwam ik,' fluisterde ze. 'En ik maakte alles nog veel erger.'

Shohana glimlachte droevig. Filou had immers gelijk.
'Het is voorbij nu,' zei ze. 'Brenaris is weg. Wij zitten
opgesloten. En Udana...' Ze liet haar schouders hangen.
'Het is te laat nu,' fluisterde ze. 'Te laat.'

11. Heksenstrijd

Verloren.

Te laat.

Onmogelijk.

Wat mevrouw Bruinsma precies zei, toen Filou en Karin haar samen de trap af hielpen, kon Filou niet verstaan. Maar dat ze het had opgegeven, dat was duidelijk. Ze leunde zwaar op hen en mompelde voortdurend voor zich uit.

'... Toch verslagen... Ik had nooit moeten... Te laat...'

Te laat.

Ze hijgden uit op het kleine overloopje voor het vergaderzaaltje. Karin klopte op mevrouw Bruinsma's schouder.

'Kom op, mevrouw. U bent nu heel moe, maar als u bent uitgerust, ziet u het vast niet meer zo somber.'

Het hielp niet.

Evianne zei niets. Ze had alleen de fles weer aan haar gordel gehangen. Nu volgde ze hen voetje voor voetje omlaag. Haar mond was een streepje. Rimpels in haar voorhoofd.

Eindelijk kwamen ze beneden. De muren galmden toen ze de laatste meters aflegden naar de bibliotheek. Filou opende de deur en de wind blies hun tegemoet door de kapotgeslagen boogvensters.

De warmte van de kachel was verdwenen. De prentenboekjes onder het raam waren nat door inwaaiende regen. Glasscherven lagen overal.

Karin stapte snel vooruit en trok een stoel bij. Filou liet Shohana erop zakken. Evianne pakte zelf een stoel en liet haar ellebogen op haar knieën rusten. Shohana zei – opnieuw: 'Alles is verloren.'

En toen werd Filou boos.

Kijk… moedeloos zijn is één ding. Dat gevoel kende Filou. Als je heel goed je best had gedaan op je topo en tóch vergeten was waar Venlo lag tijdens de toets. En iets heel griezelig vinden ook. Een spreekbeurt houden bijvoorbeeld. Maar dat betekende nog niet dat je mocht opgeven? Dat zei mevrouw Bruinsma ook, als ze in de bieb kwam om boeken voor haar werkstuk te halen. 'Altijd dóórzetten. Aan kinderen die opgeven, heeft niemand iets!'

En nu dacht zíj dat ze mocht opgeven? *Mooi niet!*

'Nee!' zei ze fel. 'Dat kunt u niet geloven. Dat mág niet!'

'Brenaris heeft de Sleutelsteen,' zei Shohana vlak. 'Ze is weg. Misschien wel terug naar Udana. Misschien zegt ze dat ze mij is. We leken altijd al op elkaar. Ze zullen het misschien niet eens merken.' Ze zweeg even. 'Niet voordat het te laat is.'

Haar hand kwam langzaam omhoog en streek een zwartgrijze sliert haren uit haar gezicht. Ze leek grijzer. Alsof deze nacht haar jaren ouder had gemaakt.

'Misschien níét,' hield Filou vol. 'Misschien blijft ze wel hier, in deze wereld.'

Shohana haalde haar schouders op. 'Ik ken mijn zuster. Ze wil haar macht uitproberen. En het allerliefst wil ze mij straffen voor haar opsluiting. Wat is een betere straf dan mijn plaats innemen?'

'Dus u wilt opgeven? Zomaar? Terwijl... terwijl...'

De wind trok weer aan. Een vlaag regen sloeg de bibliotheekkamer binnen. Filou veegde de fijne druppels van haar wang. Ze keek omhoog, door het open, zwarte gat naar buiten. Dikke wolken verborgen de sterren.

'Er zijn geen sterren,' mompelde ze.

Karin rolde met haar ogen. 'Nee, nogal wiedes. Het is shitweer. Ik kan het weten, want ik...'

'Er is ook geen maan,' zei Filou.

'Nee,' zei Karin. 'Natuurlijk niet.'

Filou negeerde de opmerkingen van haar vriendin. Ze keek strak naar Shohana, die met hangende schouders op de stoel zat. 'U zegt dat ze terug is naar Udana. Maar er zijn geen sterren en er is geen maan,' zei ze. 'En het licht van de maan is toch nodig om een poort te maken? Geen licht, geen poort. Toch?'

Eviannes mond zakte open. Shohana tilde haar hoofd op en keek Filou recht aan. En ineens keerde de schittering terug in haar doffe ogen. 'Filou van der Ploeg,' zei ze, en Filou had het idee dat haar stem krachtiger klonk, 'misschien hadden ze gelijk. Misschien ben jij inderdaad wel de Redster van Udana.'

Ze stond op, een beetje onzeker nog op haar benen, liep naar het raam en keek naar buiten. 'Er is nog geen maan geweest, deze nacht, maar deze regen zal niet lang meer aanhouden. Als de wolken breken, krijgt ze alsnog haar kans. Maar ik weet niet of ik door dit raam kom!'

'We kunnen de tafel eronder duwen,' zei Karin ineens. 'Dan is het makkelijker.'

Shohana keek naar de tafel waarachter ze zoveel jaren had doorgebracht. Boek innemen. Afstrepen op het kaartje. Boek uitlenen. Afstrepen.

'Oké dan!' zei Filou. 'Evianne? Karin?'

Met z'n allen duwden ze de zware tafel tot vlak onder het raam. Het tafelkleed gooiden ze voor de zekerheid over de splinters, want Karin wilde haar jas wel weer aan. En toen klommen ze de een na de ander naar buiten, de nacht in.

Nog één kans om Brenaris te stoppen.

Eerst door het hoge, natte gras, achter de kerk. Dan: voorzichtig over het hek klimmen en over het kerkenpaadje naar de klinkerweg sluipen. Maar daar stopte Filou plotseling in de schaduw van de huizen.

Normaal was het doodstil op een winterse avond als deze. Maar nu zag ze gestalten in het waterige licht van de lantaarnpalen. Ze hoorde voetstappen en stemmen in de verte. 'Filou!'

Het bleef even stil. Toen klonk het weer. 'Filou! Karin! Waar zitten jullie!'

Karins vader!

'Filou! Karin!'

Dat was de hogere stem van Filous moeder. En nu herkende Filou de buurman ook. *Shit!*
Ze moeten gek zijn van bezorgdheid.
Filou kreunde zachtjes. Ze had bijna 'Hier ben ik!' geroepen en was naar de straat gerend. Maar Shohana zag het. Ze greep Filou bij haar arm en hield haar in de schaduw. 'Sssht!' siste ze. De tovenares legde die lange vinger op haar gebarsten lippen en toen wees ze omhoog naar de wolken. 'Niet nu. We moeten Brenaris vinden.'
Filou keek in Shohana's vreemde, lichte ogen. En ze begreep dat ze gelijk had. *Natuurlijk!*
Ieder ogenblik konden de wolken breken en dan kwam de maan terug. Wanneer Filou naar Peter ging, zou ze dingen moeten uitleggen. Natuurlijk zou hij de meisjes niet geloven. Hij zou hen nooit verder laten gaan.
En dus wachtten ze tot Karins vader en de buurman verder waren gelopen, in de richting van het haventje en de ijsbaan. Toen pas staken ze de gladde klinkers van de Kerkstraat over en sloegen de smallere weg in naar de camping. De kortste route naar de rivier. Zou ook Brenaris niet zo snel mogelijk naar het water zijn gegaan?
Filou keek omhoog. Het was intussen droog geworden en de bewolking werd duidelijk dunner. Er waren plaatsen waar de hemel grijs leek en niet zwart. Filou beet op haar lippen. 'Geef ons tijd, alsjeblieft,' fluisterde ze. Maar aan wie ze dat vroeg?
De Enige Boom misschien?
Shohana was al bij de camping. Nu waren er geen vrolijke

tenten, geen caravans en geen bootjes. Geen gedempte stemmen bij een late vuurkorf. Het houten gebouwtje van de beheerders was donker.

De tovenares liep in een rechte lijn naar het water. Toen, plotseling, boog ze naar rechts, naar het uiterste puntje van de camping. Het leek alsof ze wist waar ze heen moest. Maar misschien was dat ook zo. Ze waren twee zusters, twee tovenaressen en twee rivales, die veertig jaar lang samen hadden geleefd. Zou je de ander dan niet voelen?

Shohana liep zo snel nu, dat de meisjes haar nauwelijks meer bij konden houden. En toen, meters voor hen, kwam een tweede gestalte tevoorschijn van tussen de bomen bij het water.

Ze was lang en slank en Filou zag haren wapperen in de wind. Ze strekte haar armen naar de hemel, alsof ze de wolken wilde vragen aan de kant te gaan en het licht van de maan door te laten. En toen – het kon natuurlijk niet, zelfs iemand als Brenaris kon de wolken niet bevelen – schoven ze écht uiteen. Sterren twinkelden duidelijk zichtbaar in de zwarte hemel. Verder, steeds verder. Tot de kogelronde volle maan helemaal zichtbaar werd en een brede baan licht omlaag viel.

Shohana stopte.

Ze hief haar hand op en leek te luisteren. Filou, Evianne en Karin reageerden meteen. Ook zij bleven staan. Filou voelde haar hart bonzen. Angst kneep haar keel dicht.

Voor hen leek Brenaris een bad te nemen in het maanlicht. Het stroomde over haar heen en zij draaide om haar as als de danseres in een muziekdoosje.

'Wat doet ze?' fluisterde Karin.

Shohana likte langs haar lippen. 'Ze drinkt de kracht van het licht,' fluisterde ze. 'Het is minder krachtig dan thuis, in Udana. Maar er is altijd macht in water en maan. En zij heeft vanavond zwaar gestreden in de strijd.'

Ze glimlachte een beetje bitter. 'Net als ik. Maar ik heb mijn jeugd niet herwonnen, zoals zij.'

Filou staarde voor zich uit naar die vrouw die wel zilver leek in het licht. Plotseling was de maan niet meer mooi en sprookjesachtig, maar gemeen.

Shohana perste haar lippen op elkaar. 'Het zal moeilijk worden om haar tegen te houden. Want als ik haar voorbeeld volg, zal ze me zien. En als ik een stille plek zoek om me te voeden, dan zal ik te laat zijn.' Ze schudde haar hoofd. 'Ik moet vertrouwen,' ging ze verder. 'Zou de Boom me op dit moment naar deze plek hebben gebracht als het werkelijk te laat is? Dat kan ik toch niet geloven?'

Toen zette Evianne een stap naar voren. De Waterdraagster had een gespannen uitdrukking op haar gezicht. 'Er is een manier,' zei ze.

Shohana keek opzij. Er schitterde iets in haar ogen. 'Nee,' zei ze.

'Jawel,' zei Evianne. 'U weet dat het kan.'

Weer schudde Shohana haar hoofd, maar overtuigend was het niet.

'Wij zijn sterk,' drong Evianne aan. 'Wij zijn jong. Het moet.' Ze legde een hand op haar arm. 'Toe.'

Filou keek verward van de een naar de ander. Er zat een knoop in haar maag. 'Wat bedoel je, Evianne?' vroeg ze. 'Ik begrijp jullie niet.'

Het was Shohana die antwoord gaf. 'Ik heb al mijn kracht gegeven in het gevecht met Brenaris,' legde Shohana ernstig uit. 'Nu ben ik niet sterk genoeg meer. Maar…', ze aarzelde even, 'ik kan júllie kracht gebruiken. Er is een spreuk. Het zou jullie zwak maken, als baby's. Maar het is de enige manier.'

Haar blauwe ogen glansden met een vreemd licht en Filou slikte een krop weg. Jarenlang was mevrouw Bruinsma gewoon een rare bibliothecaresse geweest. Nu kon Filou niet begrijpen dat ze zich ooit voor de gek had laten houden.

Filou keek naar de rivieroever waar Brenaris stond. De andere vrouw had hen nog niet gezien, maar de wind dreef flarden van toverwoorden hun kant op. Het was alsof het iemand anders was die zei: 'Oké.'

'Zeker?' vroeg Shohana.

Filou knikte. 'Ja.'

'Goed dan.'

Shohana sloot een seconde lang haar ogen. Toen gebaarde ze omlaag en de meisjes gingen op de grond zitten, ook Karin. Evianne nam Filous hand in haar ene en die van Shohana in haar andere hand. Even later vormden ze een gesloten kring.

'Luister nu goed,' zei Shohana zacht. 'Herhaal mijn woorden en méén het.' Ze zag er dun en breekbaar uit, maar de glans in haar ogen verried ijzeren wilskracht.

Eerst zong ze weer zo'n magisch lied. Een lied van klanken, zonder woorden. Ze zong zacht, omdat Brenaris het niet mocht horen, en voor het oproepen van magie maakte het niet uit. En toen, ineens, brak ze af en kneep in Filous vingers. Ze sprak. Vreemd. Afstandelijk. Plechtig.

'Hier in het licht van de maan,
onder de beschermende takken van de Enige Boom,
om te redden wat gered moet worden,
uit liefde voor Udana,
geef ik mijn kracht.'

Evianne was de eerste. Rustig en zonder te haperen herhaalde ze de woorden die Shohana had gesproken. Haar rug was recht. Haar hand in die van Shohana naar boven gedraaid.

Alsof ze bidt.

De eerste tien of twintig tellen gebeurde er niets. Maar toen werd Evianne bleker en bleker. Haar rug werd rond en ze sloot haar ogen. Toen zakte ze naar voren en bewoog niet meer.

Niet dood. Ze is níét dood!

Filou voelde Shohana's blik. Háár beurt, wist ze.

Ik ben bang.

Ze slikte. Ze haalde diep adem en kneep in de slappe hand van Evianne. Toen opende ze haar mond. 'Hier... in het licht van...'

Soms moest ze hard nadenken. *Beschermende takken...*
Udana...
Maar ze méénde wat ze zei.
Ze werd moe. Eerst moe alsof ze een eind had gerend.
Toen moe alsof ze een dag op school had gezeten en daarna haar kamer had opgeruimd en mama had geholpen bij de afwas. Ze was een fietsband die lek was geprikt. Ze was een emmertje water dat leegliep. Of nee, overliep in een andere emmer.
In Shohana.
Ze sperde haar ogen open om niet in slaap te vallen. Ze zag dat Karin probeerde hetzelfde te doen, maar haar vriendin gleed naast Evianne op de grond.
Op Shohana's gezicht kwam kleur. Haar mond kreeg een vastberaden trek en de tovenares stond op. Even nog keek ze naar Filou, maar zíj was te zwak om ook maar een spier te bewegen.
Toen draaide Shohana zich om en liep naar de rivier.

Soms ging Filou heel laat naar bed. Als er een feestje was of zo. Dan stroomde het huis vol met mensen die biertjes dronken aan de keukentafel en bleven hangen tot laat in de avond. Dan kwam er altijd een moment dat ze héél moe was en alleen nog wilde slapen. En ineens was dat ook weer over en voelde ze zich weer fit. 'Over je slaap heen', noemde mama dat.
Misschien werkte het nu ook zo. Filou zat met haar rug tegen de boomstam. Ze volgde de spookachtige gestalte

van Shohana, die langzaam haar zuster naderde. Ze vocht tegen de vermoeidheid die Evianne en Karin al te pakken had. En ineens stroomde nieuwe energie haar lichaam binnen en de mist in haar hoofd loste op.

Ze tilde haar hand op en telde vijf vingers. Dat kon ze nog. Ze maakte een vuist. Ook haar spieren werkten. Moest ze hier dan blijven wachten?

Ze keek naar Evianne en Karin. Evianne zag er vredig uit. Haar hoofd rustte op haar arm en ze glimlachte alsof ze een mooie droom had. Karin fronste. Haar vuisten waren gebald alsof ze wilde vechten. *Typisch.*

In de verte hoorde Filou het gerafelde geluid van stemmen op de wind. Het zilverige licht van de poort glinsterde tegen het zwart van de nachtlucht. Wat gebeurde daar? Had Shohana hulp nodig?

Eén manier om daarachter te komen.

Filou kroop. Knie voor knie sleepte ze zich in de richting van het water. Haar broekspijpen raakten doorweekt. Haar vingers werden glibberig en haar neus snotterde. Ze veegde hem schoon met de rug van haar hand.

'Kom op, Filou,' fluisterde ze tegen zichzelf.

Ze hijgde. De wind wakkerde aan en ze hoorde takken breken en water klotsen. Ze hoorde stemmen: Shohana en Brenaris.

Ze stopte en liet zich zakken. Natte sprieten langs haar wang.

'… nooit een hekel aan je gehad,' zei Shohana. 'Ik wilde altijd…'

Brenaris maakte een hoog, spottend geluid. '… beter. Jij…'
Filou kon het niet goed verstaan, maar ze klonk scherp en
boos.

Voorzichtig kroop Filou nog dichterbij. Ze duwde zich
omhoog op haar ellebogen.

Shohana en Brenaris stonden tegenover elkaar. Brenaris
had haar armen gevouwen. Haar rug was recht, haar mond
een dunne streep. Machtig leek ze, in het spookachtige
licht van de maanpoort.

Naast haar leek Shohana zo klein. Ze boog zich voorover
naar Brenaris en strekte haar hand uit. Bijna alsof ze haar
zuster wilde troosten.

Vreemd.

'Jij was altijd de mooiste, de liefste, de beste. Iedereen hield
van jou,' zei Brenaris. 'Hoe hard ik het ook probeerde,
niemand keek naar mij.'

'Dat is niet waar,' zei Shohana. Er klonk medelijden in
haar stem. 'Ik hield van jou.'

Ze nam Brenaris' hand en streelde hem.

Filou schudde boos met haar hoofd. Waarom medelijden
hebben met iemand als zij?

'Wij hoorden bij elkaar,' zei Shohana.

'Nee!' Brenaris' stem was scherp. 'Je liegt!'

Ze rukte haar hand los en stapte achteruit. 'Toen wij naar
het Witte Paleis kwamen, was dat voorbij. Je gaf alleen
nog maar om de anderen. Zij vonden jou geweldig, maar
ík was de sterkere tovenares, ik leerde sneller en ik was
beter.'

Ze haalde diep adem en slikte. Heel even dacht Filou dat ze een snik hoorde. Was het toch een traan op haar wang en niet een waterdruppel?

'En toch kozen ze voor jou. Stijve Tamisha en die ellendige Boom. Jij hebt míjn plaats afgenomen!'

Ze spuugde op de grond. 'Ik spuug op jou, Shohana van Udana!'

Nog een keer.

'En op Tamisha en haar Boom!'

Shohana boog het hoofd. De woorden van Brenaris deden haar pijn, dat kon je zien. En daardoor zag ze niet dat Brenaris zich afwendde. Ze merkte niet hoe haar zuster toverwoorden prevelde en de Steen ophief. Maar Filou zag het. Maanlicht werd een zilveren spiegel, waarin zich vaag de schaduwen van bomen rond de Zwarte Bron aftekenden. Een kruidige geur dreef mee op de wind. Opnieuw ontmoette Udana Watervoorde.

Brenaris slaakte een kreet. 'Vaarwel, zuster!' riep ze en stapte naar voren.

Ze verdween niet.

Normaal stapte je door een maanpoort als door een deur. Maar nu ging het anders. Op het moment dat Brenaris naar voren kwam, rolde er een spreuk van Shohana's lippen. En Brenaris bevroor in de lucht. Het leek alsof ze in een enorme, taaie zeepbel was beland. Ze zweefde boven het water.

'Kom terug,' hijgde Shohana. 'Blijf bij mij.'

'Nooit,' antwoordde Brenaris. 'Jij verwacht dat ik opgeef? Zodat je me weer kunt opsluiten, zoals je al eerder deed? Nooit!'

'Ik laat je niet gaan.'

'Je kunt me niet terughalen. Je bent niet sterk genoeg,' zei Brenaris.

Shohana schudde haar hoofd. 'Ik laat je niet gaan,' herhaalde ze. 'Blijf dan maar waar je bent.'

Brenaris verbleekte. Plotseling spatte wit licht van haar vingers, maar het weerkaatste op de onzichtbare bubbel die haar gevangen hield, en doofde zonder kwaad aan te richten. Ze klauwde met woedende vingers, schreeuwde. Maar het lukte haar niet om zich te bevrijden.

Shohana zat geknield aan de rand van het water. Ze had haar handen gespreid, haar ogen wijd open. En hield vast.

Toen, van het ene moment op het andere, leek Brenaris het op te geven. Haar gezicht werd koel. Niet meer boos, niet meer wanhopig. 'Goed,' zei ze. 'Zo zal het zijn. Jullie willen me niet naar Udana laten gaan? Udana interesseert me niet. Deze vuile, koude wereld interesseert me niet.'

Ze was even stil. Toen zei ze: 'De hitte groeit.'

Shohana had nauwelijks gereageerd op haar eerdere woorden. Maar nu, nu hief ze haar hoofd op. Haar handen trilden. 'Zuster! Nee!'

'Je hebt het zelf gewild, Shohana.'

'Niet dit! Niet zo!'

'Ik zal me nóóit overgeven, zusje. Nóóit!'

'Maar…'

Filou was zo trots geweest op mevrouw Bruinsma. Maar nu? Een akelig gevoel bekroop haar. Ze keek over haar schouder en zag Evianne met wankele pasjes dichterbij komen. Ook de Waterdraagster was bleek. Filou wist niet of het nog door de betovering kwam, of door wat er voor haar gebeurde. 'Wat bedoelt ze?' vroeg ze.

De Waterdraagster had haar ogen vast op de beide zusters gericht. Haar ogen stonden droevig en ze schudde zachtjes haar hoofd. 'Ze bedoelt dat wanneer deze betovering van Shohana te lang duurt en wanneer ze niet loslaat…'

Filou trok aan haar schouder. 'Wat?'

Evianne zuchtte. 'Het wordt heet in de cirkel,' zei ze. 'Steeds heter. De energie van Shohana hoopt zich op in de bel en kan nergens heen. Uiteindelijk…'

Ze hoefde het niet te zeggen. Filou begreep het zo ook wel. Als ze loslieten, zou Brenaris vrij spel hebben. Als ze vasthielden, zouden ze Brenaris vermoorden en ging de Sleutelsteen verloren. Maar als ze lóslieten, had Brenaris gewonnen. Het was een duivels plan en alleen een kwaadaardige vrouw als zij kon het bedenken.

'Stom rótwijf!' zei Filou.

Brenaris hoestte. Haar huid was felrood. Dunne sliertjes rook kringelden op. Maar ze glimlachte nog steeds. Misschien dacht ze dat ze nog kon winnen. Dat Shohana zou opgeven.

'Weet je het zeker, zus?' vroeg ze schor. 'Weet wat je

doet! Weet wat je de rest van je ellendige leven mee zult dragen. De dood van je geliefde zuster!'

Shohana kromp in elkaar. Wankelde.

Filou balde haar vuisten. 'Rotwijf!' riep ze nog een keer. 'Hou toch óp!'

En ineens wist ze het zeker. Zíj had Brenaris vrijgelaten. Zíj moest het weer goedmaken.

Ze kwam overeind. Haar voeten roffelden. Haar adem pompte. Ze schoot langs Shohana heen naar het water. Naar Brenaris in haar magische zeepbel. Van heel ver hoorde ze Shohana roepen. Karin gilde: 'Filou! NEE!'

Ze sprong.

Ze landde in het vreemde, taaie niets van de bel. Hitte schroeide haar wang, haar haren, haar handen. Ze wilde gillen, maar dat deed ze niet. Ze keek omhoog in de ogen van Brenaris en zag schrik, maar ook… angst. De tovenares had dit niet verwacht. Toverkracht en woede-uitbarstingen, dat wel. Maar niet dit.

Toen strekte ze haar vingers.

Snelheid was haar enige kans, wist Filou. In een gevecht was ze kansloos. Daarom stak ze haar hoofd naar voren en ramde het zo hard ze kon in de buik van de tovenares. Brenaris wankelde en tuimelde achteruit. Haar hand schoot naar achteren. En de Steen vloog uit haar vingers. Op hetzelfde moment verdwenen de hitte en het zilverachtige licht.

Filou viel hijgend op haar rug in het gras. Haar blikveld

was mistig en ze wilde iets zeggen, maar dat lukte niet. Iemand boog zich over haar heen. Riep haar naam.

Ze wilde antwoorden, maar dat lukte niet.

Zwart.

Er waren stemmen. Ze klonken ver en blubberig, alsof Filou met haar gezicht in het water lag en niet met haar voeten. Ze vroeg zich af of ze haar ogen zou openen. Ze kón het doen, maar ze had niet zo'n zin.

'Ze wordt wakker,' zei iemand.

'Filou!' zei iemand anders.

'Kindje?'

Mama!

Filous ogen vlogen open. Ze wilde haar hoofd optillen, maar ze voelde een steek achter haar ogen. Ze kreunde.

'Mama?' vroeg ze. Haar keel deed pijn.

Het gele licht van een zaklantaarn sneed het donker in tweeën. Mama knielde naast haar en legde haar hand tegen haar wang. Haar vingers waren koel op haar hete huid.

Wat was er gebeurd?

De Steen!

Ze vergat het bonzen van haar hoofd en het branden van haar wangen.

'Mama! Waar zijn de anderen? Shohana… Karin…'

'Ssht,' suste mama. 'Karin is hier ook. Maak je geen zorgen. Alles is goed.'

Mama's arm steunde haar schouders. Dat voelde fijn en

veilig. Maar de herinneringen kwamen terug en die waren helemaal niet veilig.

'Brenaris?' vroeg Filou. 'Waar is ze?'

Mama keek haar verbaasd aan. 'Wat bedoel je?' vroeg ze. 'Wie is dat?'

'Brenaris. De tovenares?' herhaalde Filou.

'Brenaris is niet meer gevaarlijk,' zei een ernstige stem.

Shohana verscheen naast Filou. Haar haren waren verward. Haar bril had een scheur in het glas en haar gezicht was vuil. Maar ze keek met een vermoeide glimlach op het meisje neer.

'Kijk!' wees ze.

Daar, zittend in het gras, met naast zich een grote man – Karins vader? – zat een vrouw. Haar haren waren los, haar fladderende witte kleed leek grijs in het donker. Ze zag er heel gewoon uit. Was dát Brenaris?

Shohana knielde naast Filou. 'Het is voorbij, Filou,' fluisterde ze. 'Toen ze de Steen liet vallen, was het voorbij. Ze is leeg nu. Opgebrand. We hoeven niet meer bang te zijn.'

Shohana klonk verdrietig. Ze was vast moe.

'We hebben het aan jou te danken, Filou. Wat jij deed, was gevaarlijk en heel moedig. Zonder jou was alles voorbij geweest.'

'Maar… De Steen? Is die nu ook…? Moeten jullie…'

Shohana glimlachte. 'We hebben geluk gehad. Hij viel in het riet. Evianne heeft hem gevonden.'

Filou werd koud. Een beetje van opluchting, maar ook

van ongeloof. Was alles nu echt voorbij? Kón het voorbij zijn?

Maar Shohana stond op. Ze streelde Filou alsof ze haar al heel lang kende.

'Dag Filou,' zei ze zacht.

'Dag Shohana,' fluisterde Filou.

Ze draaide zich om en liep langzaam weg. Ze hinkte weer. Evianne kwam naar haar toe en stak een arm uit om haar te helpen lopen.

'Hoe noemde je mevrouw Bruinsma?' hoorde ze mama vragen. 'Johanna? Is dat haar voornaam? Sinds wanneer noem je haar zo?'

Filou haalde haar schouders op. 'Gewoon.'

Mama zuchtte. 'Jij hebt nog heel wat uit te leggen, meisje,' zei ze.

12. Achterblijven

Hoe keer je terug in je gewone leven na zoiets? Hoe ga je terug naar op tijd naar bed, naar huiswerk maken, naar je kamer opruimen en de tafel dekken voor het eten?

Dat gaat toch niet?

Filou zat op de bank van haar eigen huis in haar eigen woonkamer. Ze had haar schouders hoog opgetrokken. Haar armen had ze verdedigend over elkaar heen geslagen. Ze zei niets.

Naast haar zat Karin, net zo gespannen, net zo afwerend. Ze keek even opzij. *Ineens zijn we weer samen. Echt samen.* Dat voelde weer goed.

Peter stond voor hen. Hij had een sigaret opgestoken en rookte met driftige halen. Zijn gezicht stond op onweer. 'Waar waren jullie in vredesnaam mee bezig?' barstte hij plotseling los. 'Filou is dágen weggeweest. En dan dít!'

Zijn stem was hard. Filou wilde haar hoofd verstoppen onder de kussens op de bank.

'Hoe háálden jullie het in je hoofd?' Hij tikte ongeduldig met zijn voet op de grond. 'Nou?'

Filou schoof een stukje dichter naar Karin toe. Na alles wat er was gebeurd, was dit raar. Ze hadden een slechte tovenares verslagen, ze hadden een wéreld gered. En nu kregen ze op hun kop!

'Het kan jullie echt niks schelen, hè?' zei Peter scherp. 'Wérkelijk!'

'Natuurlijk wel,' mompelde Karin. 'Maar we konden er niks aan doen.'

Filou tilde haar hoofd op. Ze was het niet van plan, écht niet, maar de woorden rolden er zomaar uit. 'Jullie snappen het tóch niet,' zei ze ineens. 'Jullie worden kwaad, maar jullie weten níks.'

Peter liep rood aan. 'Nou moet je eens goed luisteren, jongedame...'

'Zie je wel!' riep Filou.

Toen draaide Filous moeder zich om. Ze had bij het raam gestaan en alleen maar geluisterd. Al vanaf het moment dat Filou was bijgekomen in het gras, daar op de camping, was ze stil geweest. Net alsof ze ergens hard over aan het nadenken was. Nu liep ze naar Peter en legde een zachte hand op zijn schouder. 'Ssht.'

Toen draaide ze zich naar Filou en Karin. 'Geef ons de kans,' zei ze zacht. 'We begrijpen meer dan je denkt.'

'Wát begrijp ik!' riep Peter. Maar ze wuifde met haar hand en hij deed zijn mond weer dicht.

Haar ogen waren donker als het water uit de Bron en ze keek haar dochter onderzoekend aan. Zou ze gelijk hebben? bedacht Filou. Zou ze het echt snappen?

'Shohana,' zei ze uiteindelijk. 'Mevrouw Bruinsma dus. Ze... ze is niet echt van híer. En Brenaris ook niet. Ze zijn zusters uit...', het klonk ineens belachelijk en Filou brak af.

'… een andere wereld?' vroeg mama.

Filou keek haar moeder verbluft aan.

'Krijg nou wat!' fluisterde Karin.

Peter zei helemaal niets.

Ze glimlachte. 'Ik ben niet gek,' zei mama zacht. 'Ik weet wat ik zag vanavond en het was niet normaal. Ik kon het voelen, ruiken. Ik weet niet hoe ik het moet zeggen, maar wat daar gebeurde, dat was van elders.'

'Het land achter het water,' zei Filou zacht. 'Udana.'

Het werd stil vanbinnen. Ze wilde huilen, omdat ze had gedacht dat niemand dit ooit kon begrijpen, zéker mama niet, en nu… 'Brenaris was slecht,' zei ze ten slotte. 'En Shohana moest haar tegenhouden.'

Mama knikte. Ze kroop naast Filou, half op de leuning van de bank, en trok haar tegen zich aan. Haar lijf was warm. 'Ssht,' zei ze. 'Ik begrijp het nu. Een heel klein beetje dan. De rest komt later. Ik wil nu maar één ding weten.'

'Wat?' vroeg Filou.

'Is het voorbij nu? Hoef ik niet meer bang te zijn om jou?'

Filou drukte haar hoofd tegen mama's buik.

'Ik denk het wel,' mompelde ze gesmoord. 'Shohana zei van wel.'

'Dan is het goed.'

Ergens in het donker flakkerde een licht. Het was fel en tintelend. Magisch. Een stem. Kom, Filou… *Kom bij ons…*

Filou slikte. Ze stond op om erheen te gaan, maar plotseling hoorde ze geschreeuw. 'Nooit! Nóóit, hoor je? Het is van míj!' Het krijste in haar oren en ze wist ineens zeker dat zíj achter haar was. Brenaris. En ze rende, rénde. Maar het was zo nat, zo koud. Haar kleren dropen van water, zoveel water, en ze keek omlaag en zag dat haar voeten wegzakten. Natte grasprieten vlochten zich om haar voeten en trokken. 'Nee,' fluisterde ze. 'Los.' Maar het gras liet niet los en het hijgde, het kreunde, het piepte in haar oren, en het licht werd feller. *Kom bij ons. Red ons, Filou.*

'Ik probéér het!' huilde ze. 'Ik probéér het toch, maar…'
'Kun jij ook niet slapen?'
Filous ogen vlogen open. Het duurde een paar seconden voor ze doorhad waar ze was. Níét buiten in het gras met een flikkerende maanpoort boven het water.
Gewoon thuis.
Ze tastte naar het bedlampje en knipte het aan. Op de matras naast haar bed was Karin overeind gaan zitten. Haar stem klonk helder, alsof ze nog helemaal niet geslapen had.
'Mijn hoofd zit vol,' zei ze.
Filou wreef over haar voorhoofd en knikte.
'Het is raar, hè?' zei Karin weer. 'Het lijkt alsof het nooit gebeurd is. En tegelijk is alles anders.'
Weer knikte Filou. Ze gooide het dekbed van zich af, liet zich uit bed glijden en liep naar het raam. Stilletjes schoof ze de gordijnen opzij. 'De maan staat hoog,' zei ze.

Hij was niet meer vol nu. Een scherp mes had een klein stukje van de cirkel afgepeld. Maar het was zo helder dat je het nog steeds kon zien als schaduw achter het wit.

'Zouden ze al terug zijn?'

Karin kwam naast Filou staan en haalde haar schouders op. Ze duwde het raam open en liet de koude wind binnen. 'Vast,' zei ze. 'Er was niets meer dat hen tegenhield.'

'Ik had Evianne gedag willen zeggen,' zei Filou.

Karin verstrakte. Ze zéí niets, maar Filou voelde hoe ze zich terugtrok. Snel draaide ze zich naar haar toe. 'Dát bedoel ik niet,' zei ze. 'Evianne is anders. Niet als jij. Maar...'

Ze kon de woorden niet vinden om te zeggen dat Karin haar hartsvriendin was en dat er niemand tussen hen kon komen. Maar dat ze tóch om Evianne gaf. Ze zou de ernstige Waterdraagster missen.

Karin schudde haar hoofd. 'Ik snap het wel,' zei ze zachtjes. 'En het spijt me van alles. Ik was gewoon pissig. Deze hele toestand, dat was iets van haar en jou. Ik stond daarbuiten. Ik weet dat je het niet zo bedoelde, maar...' Ze haalde haar schouders op en keek naar de maan. 'Ik mis je gewoon.'

Filou slikte. Ineens moest ze denken aan Martin en Karins nieuwe klas en hoe zíj... Ze beet op haar lip. 'Dat snap ik toch,' zei ze uiteindelijk. 'Jij met Martin. Ik was ook jaloers hoor. Ik zei het niet. Maar ik dácht het wel.'

'Echt?' Karin schudde haar hoofd. 'Die stad is anders mooi waardeloos en de school ook. Ze noemen me een "boer". Papa zegt dat het overgaat, maar dat gaat het niet.'

Filou fronste. Ze dacht aan alle vrolijke mailtjes die Karin had gestuurd.

'En Martin dan?'

'Martin is een lul. Hij heeft iets met een ander meisje. Zo'n tutje met een paardenstaart.'

'Oh.'

Filou zweeg. Misschien had ze het wel kunnen weten, maar ze was gewoon jaloers geweest. Zij zat vast in dat suffe Watervoorde, terwijl Karin naar de film kon gaan wanneer ze wou, en kon shoppen en zélf naar de kermis. De stad was gewoon geweldig. Dacht ze.

'Ik wist het niet.'

'Dat had ook niks geholpen,' zei Karin schouderophalend. 'Het is gewoon shit.'

'Shit,' knikte Filou.

Het was griezelig hoe snel alles weer gewoon werd.

Er kwam een moment dat Karin in slaap viel. Het ene moment praatte ze over de stad, over Watervoorde, over Peter en Filous moeder, die elkaar ineens wel heel erg aardig leken te vinden. Niet over Udana en niet over Shohana. Alsof ze dat hadden afgesproken. En toen, ineens, reageerde ze niet meer. Karin lag op haar matras en maakte kleine snurkgeluidjes.

Filou trok haar benen op en sloeg haar armen om haar knieën. Ze kon Karin wakker schudden, want een nacht duurt lang als je niet kunt slapen. Maar dat deed ze niet. In plaats daarvan legde ze haar kin op haar knieën en luisterde naar de snurkjes van haar vriendin. En ze smakte ook.

En toen fluisterde iemand in haar oor.

Filou schoot overeind. Was ze toch in slaap gevallen? Had ze gedroomd?

'Filou!'

Het klonk als het druppelen van water, als het ruisen van de wind in de takken van een grote eik. Het klonk als de stem van de aarde.

'Doe je ogen dicht.'

Dat deed ze.

Ze voelde zich duizelig. Het was alsof ze viel, zoals je kunt dromen dat je in een afgrond valt, vlak voor je in slaap valt. Maar nu werd ze niet wakker, en ze raakte ook de bodem niet. Ze viel alleen maar.

Eerst hield ze haar ogen dicht. Ze was bang voor wat ze zou zien als ze zou kijken. Maar na een tijdje werd ze nieuwsgierig. En toen…

Flonkerende sterren boven zich, kleine gele lichtjes. *Straatlantaarns? Koplampen?*

De glinstering van maanlicht op water.

Haar val vertraagde en de wereld kwam dichterbij. Toen zag Filou dat ze inderdaad bij het water was, en ze zag drie gestalten.

Shohana.

Evianne.

En ook Brenaris.

'Jullie zijn nog niet weg.' Haar stem klonk vreemd, maar

Shohana hoorde haar. Ze keek op en knikte. Ook Evianne zag haar en ze lachte.

'*Daar ben je.*'

Shohana bewoog haar lippen niet, maar Filou wist dat zij het was.

'*We wilden niet weggaan zonder afscheid te nemen,*' zei–dacht Shohana. '*Maar we kunnen niet langer wachten. We brengen Brenaris terug naar Udana. De Enige Boom mag beslissen over haar lot.*'

Filou rilde. Het klonk eerlijk, maar ze had de Boom gezien en gevoeld. Zijn macht kon vreselijk zijn.

'Ik zal jullie missen,' fluisterde ze. 'Zie ik jullie ooit weer?'

'*Wie zal het zeggen?*' Eviannes gedachten waren lichter dan die van Shohana. '*De poort tussen de werelden mag niet licht-vaardig worden gebruikt. Maar wie weet?*'

Shohana hief de Sleutelsteen. De poort verscheen en Filou voelde haar huid prikken.

Brenaris keek niet naar Filou. Zonder te spreken stapte ze naar voren en verdween in het zilveren licht.

Opnieuw bewoog Shohana haar hand. Nu stapte Evianne naar het licht. Vlak voor ze verdween, hoorde Filou haar stem in haar hoofd. '*Vaarwel Redster,*' hoorde ze. '*Ik blijf aan je denken.*'

Toen was alleen Shohana nog over. '*Udana is jou eeuwig dank verschuldigd,*' zei ze. '*We zullen je naam onthouden achter het water. Aanvaard ons geschenk.*'

En toen verdween ook Shohana in het licht.

Filou fronste. *Hoezo geschenk?*

Veel tijd om daarover na te denken, kreeg ze echter niet. Plotseling was het alsof ze aan een lijntje zat dat razendsnel werd ingehaald. Ze schoot door de nacht en nog voor ze tien keer adem had kunnen halen, zat ze weer op haar bed. Karin snurkte nog steeds.

De wind waaide koud toen Filou haar ogen opendeed. Ze rilde, trok de deken verder over zich heen, rolde om en keek in Karins gezicht. De haren van haar vriendin stonden alle kanten op en ze had de afdrukken van haar eigen kussen nog in haar wang staan.

'Je bent wakker,' constateerde Karin.

Filou wreef hard in haar ogen.

'Nietes.'

'Wel,' hoorde ze een andere stem.

Filou kreunde toen ze haar moeder in de deuropening zag staan. Ze had haar ochtendjas losjes vastgeknoopt. Ze leek slordig en tevreden tegelijk, met ongekamde haren en een glimlach om haar mond. Filou fronste. 'Wat is er met jou?' mompelde ze.

'Ik heb ontbijt gemaakt,' zei mama. 'Croissantjes met kaas en chocolademelk en thee.'

'Ik wil pindakaas op m'n croissant,' zei Filou. 'Met jam en hagelslag.'

Karin maakte een geluid alsof ze moest overgeven. Maar mama lachte zachtjes. 'Goed hoor. Een bijzonder ontbijt voor een bijzondere ochtend.'

Ze trok de deur achter zich dicht en Filou hoorde haar voetstappen kraken op de trap. Ze zei iets dat Filou niet kon verstaan, en Peter gaf antwoord. Er klonk een lach in zijn stem.

'Is ze ziek?' vroeg Filou.

Karin grinnikte. 'Ik denk dat ze blij is dat jij gewoon in je bed lag vanochtend.'

Ze trok een T-shirt van Filou over haar hoofd. Filou zei er niets van, al was het een van haar lievelingsshirts.

'Kom,' zei Karin. 'Dat ontbijt klonk goed. Tenminste, als ik jouw croissant niet hoef op te eten.'

'Wat?'

'Pindakaas met jam en hagelslag,' hielp Karin.

'Oh... Nee... Ik... Heb jij ook gedroomd?'

Karin schudde haar hoofd en werkte zichzelf in haar broek. 'Hoe bedoel je?'

'Over Shohana en Evianne. Ze zeiden gedag.'

Karin haalde haar schouders op. 'Nee hoor. Ik sliep.'

'Ze zijn terug,' zei Filou. 'Tenminste, dat droomde ik. Ze zeiden dankjewel.'

'Dat mag ook wel,' vond Karin. 'Kom je?'

Filou keek door het raam. Aan de overkant van de straat lag het huis van mevrouw Bruinsma. Het was leeg nu en donker. Straks ging Karin ook weer weg. Terug naar de stad. Dan bleef Filou weer alleen achter. 'Ik wil niet,' mompelde ze.

Karin stond al in de deuropening en keek om. 'Ik ook niet,' zei ze.

Peter zat al aan tafel. De boosheid van de vorige avond was verdwenen. Hij had een mok koffie in zijn hand en glimlachte tevreden. Mama kwam binnen met de croissants. Hij volgde haar met zijn ogen.

Filou keek naar Karin. Karin keek naar Filou. Tegelijk trokken ze hun wenkbrauwen op.

'Gaan jullie zitten?' vroeg Peter.

Mama schonk chocolademelk in en Filou kreeg haar croissant precies zoals ze had gevraagd. Toen schoof mama naast Peter.

'Meisjes,' zei ze, 'we willen jullie iets vertellen.'

Even viel ze stil. Filous hart begon plotseling te bonzen.

'Er is zoveel gebeurd,' zei Filous moeder. 'En Peter heeft me zo geholpen. Daardoor en door nog andere dingen…'

Ze viel stil en Peter viel in. Hij keek naar Karin. 'Ik weet heel goed dat je je niet goed voelt in de stad. Met de school en zo.'

'Wat we willen zeggen…' zei Filous moeder.

'Als jullie het tenminste goed vinden,' zei Peter. 'Dan dacht ik dat we misschien terug konden gaan. Ik kan op en neer reizen.'

'Ze zouden bij ons kunnen wonen,' zei Filous moeder. ''s Kijken hoe dat bevalt?'

Karin zei helemaal niets. En Filou had het gevoel dat iemand haar keel had dichtgeknepen.

Haar moeder keek onzeker van de een naar de ander. 'Nou, wat denken jullie?' vroeg ze.

Filou kneep Karin onder de tafel keihard in haar knie. Toen haalde ze haar schouders op. Karin hield haar hoofd schuin. 'Best hoor,' zei ze.

'Oké,' zei Filou ten slotte. 'Als jullie dat leuk vinden.'

'Weten jullie het zeker? Want...'

En toen begonnen ze tegelijk keihard te lachen. 'Stomme sukkels! Natúúrlijk! Dat is toch hartstikke gaaf!'

Peter zuchtte hoorbaar. 'Gelukkig maar, want...'

Meer kon Filou niet verstaan. Ze hoorde alleen Shohana's stem in haar hoofd.

Aanvaard ons geschenk.